# 女のいる自画像

ChotAro KaWaSaki

川崎長太郎



P+D BOOKS
小学館

目次

# まえがき

下手な鉄砲でも、数打ちゃ当るというが、多くの作品の中から選んでみた「小説徳田秋声」外九篇が、果して作者の註文通り、見事まとを射ているかどうか――。

それはそれとし「帰国」を除くと、相手変れど主変らずで、作者の分身である人物がどこにも登場しており、相手方の女性は作品毎に一人一人違っているのである。が、私がそれぞれ大なり小なり親しくした人達であり、彼女等の面影をしのぶよすがとみればみられなくもない記念品であった。

小説とは、普通ウソ（虚構）から出たマコト（真実）なりとされているが、ここに集めたものは私小説の約束に従い、ウソの部分は極めて少なく、八九十パーセント事実に拠つていた。蛇足ながら一寸つけ加える次第である。

昭和三十二年一月　　著者

小説

# 徳田秋声

昭和五年、当時先生は、殆ど八方塞がりの状態であつた。

文壇は、プロレタリア文学に依《よ》つて、大体独占され、既成の作家は、悉《ことごと》く隅ッこへ追いやられ、先生始め婦人雑誌に、連載小説出している位で、作品らしいものは、一向書かなかつた。書けなかつたと云つた方が、適当だつたかも知れない。自然主義の大家として「黴《かび》」「足迹《あしあと》」その他数々の傑作を、発表していながら、質屋と全く縁が切れたのは、五十歳以後とある先生が、いくばくもなくして、又もや時代のあおり喰い、不遇をかこつべく余儀なくされたのだが、円本その他に依り、物質面では、多少余力のこされており、所謂古河に水絶えずと云つた趣きのものとも云えそうであつた。

長篇「仮装人物」に詳しい如く、山田順子との恋愛沙汰が不結果に終つて、当時まだ傷痕いえきつてもいなかつた。捨てた相手を追うほどの熱は、みじんなくなつていたが、尻軽女にこつぴどい目にあつた祟りは、中々に消えぬようであつた。かてて加えて、順子事件で、先生の家庭は、一寸颱風のあとのような有様を呈し、三男、二女兎角《とかく》先生に面白くない眼向けており、父親が手負いになつたからと云つて、いたわりまつわりついてくるような子供は、長男の一穂《かずほ》君位のものであつた。

同君は、としも既に三十に近くなつていたし、先生と一緒に、事件最中、突然姿晦《くら》ました順子を探して歩くようなことしており、又ある時は、書斎に先生と女が、火鉢挾んで談笑しているところへ、あばれこんで行つて、父親と摑《つか》み合いしたためしもないではなかつたが、文学に志を抱くだけあつて、どこか離れたところから、先生の血迷つた行状みていたような節もあつたりして、その後一番早く父親へ近づいて行けたようである。次男の譲二君は、途中からグレ出し、大酒のんで不良の徒に接近したり、父親の印税をこつそり、先廻りして掠《かす》めとるようなことしたり、上野公園のベンチで、一夜を明かしたり等々、先生もほとほとこれに手を焼く始末であつた。三男の三作《さんさく》君は、ずつと胸部をわずらい、臥せつた儘《まま》にしていて、順子が家へ足踏みしなくなる早々、二十そこそこの身空で、死んでしまつた。長女の清子《きよこ》さんは、事件中、その噂が同級生の間にもかまびすしく、父親の醜聞(?)きくが辛さに、女学校を止めるともなく止めてしまい、茶の間や子供部屋に、血の気のなくなつたような顔し、うずくまりがちであつた。四男の雅彦君は、まだ肩揚げとれないとし頃で、比較的そば杖喰わず、末ッ子の百子《ももこ》ちやんは、十歳前後、まるきり無邪気にしておられたが、父と子の奥歯にものが挾まつたような喰い違いに、先生自身、とつくの昔亡くなつている長女が生きていたらと、嘆息するようなことも、間々ないではなかつた。丁度、生きていたら二十代になつている筈の娘に、満たされぬ思いを、甲斐なく託すかのようであつた。

もともと、読書家のたちでなく、書斎にひきこもり、本読んで時間潰しするが如き芸当は、先生には無理であつた。又順子に依つて、出歩く癖つけられており、根つめてかかる仕事始めないまま、とかく家を留守にしがちであつた。その裡《うち》、柄になく、六十歳の老人が、ダンスを習い、どうやらステップ踏めるようになると、毎晩の如く、都下各処のダンスホールへ、足を運び出した。一穂君も一緒に覚え、父親によくついて行つた。

ダンスホールの、みた眼華やかな雰囲気が、これ又先生に嫌いなものではないようであつた。紙問屋の常連その他と懇意になつたり、そこのホールの後援会のメンバーに加わり、会長と祭り上げられて、いやな顔もせず、口先だけでも先生々々と云うダンサー達に、ややもすると、生得眼尻の下つた顔を、他愛なくするふうであつた。が、順子に依つてうけた深手も、容易に癒えず、金輪際女にはコリてもいる矢先とて、ダンサー連に対し、自ら気許さぬ工合だつたが、あるホールのナンバー・ワンと会食約し、その時刻に料亭へ行つてみると、見事すつぽかし喰つてしまつたり、こつちから言葉かけた、美貌が有名でのちに映画界入りしたダンサーに、くるりうしろ向き舌出されたりの、先生は先生でも、頭髪口髭《ひげ》ゴマ塩色呈し、ステップ踏む足もとだにぎごちないものになつている老体では、若い者のオハには凡そあいにくいようであつた。

日米ダンスホールの松山は、中どころの売れ方の、としは三十二歳、中肉中背、五尺少しある身長だが、胸の病気ある女らしく、顔色悪く、どことなく華奢《きやしや》で影が薄いようで、いつも無造作にうしろへ撫《な》でつけ、断つた先の方をぱらぱらさせて置く頭髪も、やや赤味さしていて、多い毛と云う方でもなかつた。平べつたい顔の、眼鼻たち一応難なかつたが、黒眼がちな眼が、時々気味の悪い位、陰翳つけて光り、かえつて客のつきを香《かん》ばしくないものにしているようである。別して踊り上手と云う類いでもない、大して人目につきそうでもない女に、タデ喰う虫の好き好きか、ある金持ちの洋画家のパトロンがあり、プラトニックに交際していて、月々若干の金銭貢いでいた。

先生も、わりとこの松山と踊っており、先方もその文名慕うようで、たまにはホールの帰り、二人は軽い夜食喰いに行つたり、彼女の間借りしている、眼鏡店の二階四畳半を、時々先生が訪問することもあつたりした。そこで階下の一穴便所へ行くのを面倒がり、先生は眼下に牛込の谷間みながら、隣りの屋根へ放尿する癖もあつた。パッとしたころはないが、話が面白く、そのとしらしい味いもある女に、間に合わせたみたいな関心寄せたが、先生はうつかり手出しするようなまねは、避けるようであつた。相手には、知名なパトロンのみならず、三日置き位に、とまりにくる男があつた。

松山は、九州のある港町に、腹を痛めた三人の子供置き去り、夫の許《もと》から飛び出してきた女であつた。夫は、家出する彼女に、一人位連れて行つたらどうだ、とすすめたが、自分はこの先どうするか当のない身、足手纏《まと》いになるし、子にも不為と彼女云い、単身上京したのであつた。

松山は、父親の顔知らず、母親も彼女が三つの時、他に再婚してしまい、彼女は以後親戚へひきとられ、アメリカへ渡つた父親からの仕送りも、とどこおりがちだつたし、伯母の手で目も当てられぬような育て方された。それでも、女学校だけはどうにか出して貰い、二十こす早々に、港町の金物商へ嫁したのだが、十年とたたず、前記の始末となつていた。九州に、たよる親戚なく、自分始め親の愛情知らない女は、三児を先夫の許へ置きぱなし、東京へ出てきてから、さる百貨店に、ある仕事みつけ、そこで働く女ばかりの合宿所へ、寝起きしている裡、パンフレット持つたりして、折々現れる同年輩のオルグと懇意になり出し、手ッ取り早くその男に依つて、当時流行の赤い思想ふきこまれ、メーデーのデモにも参加したりした。その行進中、ふとぶつかつた同郷の女が、ダンサーしており、中々身入りのいい職業と聞かされ、彼女も教習所へ通い出し、三ケ月位の速成で、日米ダンスホールへ勤める迄に至り、その前後、オルグとの同棲生活も始まつたが、相手を喰わせたり、小遣銭もたせたりする分はこつち持ちの、半年一年たつほどに、血管が顔中露出しているような赫《あか》ッ面、農夫の出で、体は頑丈だし、ぶつきら棒で虚飾のみじんない人間だが、することなすこと万事泥臭い男が、何んとなく鼻につき出していた。が、赤い思想は依然として、鵜のみのままであり、いざとなれば、自由労働しても結構喰つて行けそうなオルグの肉体に未練あつたりして、手前から別れ話など、持ち出せなかつた。いつそ、望みもはりもない、ずるずるべつたりな仲続けて、戸籍面は勿論、世間やホール方面にも、彼女は同棲の事実を、ひた隠しに隠していた。先生が、彼女の部屋で、出し抜けオルグと鉢合わせしたことがあつた。先方が出かけたあと、同志だと彼女は頻《しき》りに説明し、言外に二人の間の事情ほのめかすのみであつたが、先生の松山に対する警戒は、爾後《じご》いよいよ高まるようであつた。

日米ダンスホールに限らず、フロリダ、飯泉橋その他、当時の踊り場を、影の如く先生は転々としていた。

○

そのとしの暮近く、日米ダンスホールの、隅の方の椅子にかけ、私はぽかんと、踊りを見物していた。頭髪は油ッ気なしののび放題、襟あかのついた縞の羽織、袷《あわせ》を着、よれよれの三尺ぐるぐるまきにし、親指の先が出かかつている足袋穿いて、とし三十にしては深過ぎるような額の横皺《よこじわ》、栄養の不十分示している頰のこけた長い顔、落ちくぼんだ細い小さな眼、どうみても行き暮れたルンペンと云つた相好である。

その頃、私は小石川指ケ谷《さしがや》の福家と云う下宿屋の、玄関わきに小屋然ととつついていた畳三畳敷きの、小男の私でも頭がつかえそうに天井の低い部屋へ、ニス塗りの机据え、少年少女小説その他紛らわしいもの書いては、歩いて五分とかからない、戸崎町の博文館へ、持ち込んでいたが、毎度無駄脚の方が多いようであつた。嘗《かつて》は、よかれ悪しかれ、一枚看板であつた「小説」は、私如きものまでプロレタリア文学のため、文壇を駆逐された形で、当人書く気も張合

い も喪失しており、生きているのが、物、心両面からやっとの思いと云う有様であった。よく高台の坂を登って、本郷森川町の先生宅訪ね、矢張書斎に一人、憮然としていがちな丸三十とし上の先生と、ぼつぼつ話し込んだり、ダンスホールへのお供のこのこしたりした。始めから、踊れないのは解り切ったことながら、喫茶店へ腰おろし、一杯のコーヒー飲んで、長時間空しく送るのと、ダンス見物は、私に五十歩百歩と云う寸法であった。が、いい若い者が、みすぼらしい身なりして、隅っこの方へかけ、指を啣《くわ》えたように、ひとの踊り廻っている光景、厭くことなく傍観するなどは、話しにも何にもならないざまであったろう。

赤・青・緑とりどりのドレス着、黒、灰色、黄金色のハイヒール穿いて、百人余りの若い女が、老若の背広に抱かれ、踊りながら床の上を動いていた。客にあぶれた女達は、三人ひと組となったりして、やっている。白いチョッキに、お揃いのサージの黒ズボン穿いたバンドマンは、立ったり坐ったりで、それぞれの楽器を、興奮したような面持ちよろしく鳴らしており、薄暗い照明に、かすかな土ぼこりもすかされそうである。

鼠色の背広を、心持ち肩の怒った小柄な体に著《き》、黒い短靴はいて、先生はいっそ相手のダンサーにひっぱられるような恰好で、ステップ踏む脚もと始め、どうみても覚束《おぼつか》なげであった。ゴマ塩の口髭生やした、一寸尖り気味な唇きゅッと結んで、原稿書く時のように緊縮した顔つきしながら、踊っている。真面目腐ったそんな面相が、外の連中の中で、ひと際異彩放ってぃた。薄笑い洩らしたり、ダンサーと冗談口きいたり、うっとりと両眼とじたり、或は顔を上気させたりして、一回十銭のチケット提供し踊っている輩《やから》と、先生は自ら場違い人種の如くであった。

テンポのゆるいタンゴが終り、ホールがパッと明るくなり、一対になっていた連中が、どやどやと自席へ引揚げ始めた。ダンサー達は、バンドを中心に、その前へ一列に並んでいる椅子へ、前月の稼ぎ高順にかけ、客の方は段々になっている反対側の椅子へ帰ってくること、毎回ハンでおした如くであった。

松山とひと踊りした先生が、黒い裾のひきずれるようなドレス着て、薄い胸のあたり、紅いバラの造花さす彼女と一緒に、客席の方へやってきた。みるみる、二人は私の鼻先近くなり、

「このひとが、君に紹介してくれと云うんだ。」

と、先生が持ち前の渋い声を、ひとしお嗄れ気味にした。

「ハ。」

とか、何んとか、口のうちで、私は棒の如く立ち上り、改めて松山の、ほどほどにおしろい塗っているが、煤けたように顔色のよくない顔を、上眼づかいにみた。ハイヒールの女と、紅白の鼻緒つけた上草履穿く私とは、背の丈が殆《ほと》んど違っていない。

「川崎君。」

と、先生は、虱《しらみ》でもわきそうに、頭髪長くしている、むさくるしい和服姿を紹介した。

「松山君。」

と、次いで、先生のカサカサしたもの謂《いい》である。異様に光る黒眼なごませ、分厚な大きな口もとへ微笑浮かべた松山と、一寸戸惑いしたような私は、一緒に頭を下げた。先生は、若い者同士の挨拶振り、眼頭尖らせ、注視していた。

いくらか、前かがみの姿勢で、松山は桜の床板の上を、滑るように、引き取って行つた。彼女の座席は、バンドより、端の方から数えた方が早い位置にあつた。客から貰うチケットしまい込む、黒いハンドバッグの置いてあつた、小さな椅子へ、彼女は腰まわりのない体をおろした。

先生は、紙問屋の、いつもいつぱい機嫌の如く、四十面てかてかさせ、蝶ネクタイしている主人と、かけながら話し出した。先生を文字通り崇拝している商人は、浅草へんに玄人《くろうと》上りの女を囲つており、何かにつけそれを自慢する癖もあつたが、秋声ファンとし、あちこちへ先生を案内し、いろいろ歓待しているようであつた。

ホールが、又薄暗くなつた。バンドがトロットをけたたましく奏で始めた。と、先生は、いち早く立ち上り、床の上を一番乗りと云つた勢いで、バンド前へ進んで行つた。が、脚もと思うにまかせぬと云つた塩梅式《あんばいしき》である。

○

松山と、私は急速に接近して行つた。

先生の口とおし、私に対する予備知識よろしきを得たのか、三人の子供を先夫の許へ置きぱなしにした女でいて、路端の乞食の傍素通りしにくいような彼女の慈悲心が然らしめたのか、理由はともあれ、玄関わきの三畳を、ホールへ六時迄に著《つ》けばいい遅番の折は、果物など手土産によく訪問し、その都度私をつれ出し、上野公園散歩したり、映画みに行つたりした。始めの裡、女の許へ時々泊り込みにくるオルグのいようなど、うかつな私には、殆んど嗅ぎつけ得なかつた。ぶらりと、日米ホールへ独り赴き、踊る男女のかたまり口あけてみていたりすると、松山からコーヒー等振舞われたりした。今でもそうであるように、女に至極だらしのない私は、松山にていよくひつぱり廻され、金銭なぞ貰いはしなかつたが、彼女と一緒なら、無銭で飲食出来たり何かする得を承知の上で、いつでも飢えた赤犬然とついて行つた。したが、そんなにされても、心底から動く様子なく、日米ホールへ先生のお供で、再々足運んだ当初から、前髪垂らし、うしろ刈り上げた、頭髪をその頃では新式なショート・カットにしている、色の浅黒い、鼻すじのしやくれ上つた、立派な押し出しのダンサーに私は食指動かしていたのであつた。が、第一踊れもせず、女買いに行く銭だにままならない身では、如何ように悪知恵絞つても、目当の女に接近する由なく、古い文句通り高嶺の花を遠くから眺めやり、眺めるだけで僅かに慰めるしか芸なかつた。

松山と相当、距《へだて》ない口きくようになつてから、私はショート・カットの女が好きだと云つてみせた。と、松山は、色にも出さず、さり気ないふうにきき、私があの女の写真がほしいと、ニキビ臭いこと云い出すのをみなまできかず、自分もあの女が好きだ、白っぽく塗らず、素地をそのまま向き出しにしていて、しかも甚《はなは》だ魅力的などと共鳴の言葉はさんだりして、一週間とたたない裡、ショート・カットの小さな署名入りの写真持ってき、私へ手渡しした。

そうこうしている間に、昭和六年になり、正月早々感冒こじらせ、彼女は十日近くホールへ姿見せなくなった。眼鏡店の二階へ、二度私が見舞に赴き、三度目には、小田原で冬の間中、半月でも出来ることなら、ひと月でも、避寒がてら養生したらどうかとすすめた。と、一寸考えていた松山は、乗り気をみせた。一日、三食つき、一円五十銭位でいられる宿屋が、海岸の町にあるのも耳寄りだったし、党の都合から、オルグがひと月ばかり地下へもぐることにもなっていたし、手許に多少の蓄えあり、そんなこんなで、正月の月末近く私を案内役に、松山は小田原行を決行した。

駅裏の、麦畑や何かに囲まれた、宿屋と云うより、下宿屋と云った方が適切な、二階に三つある部屋のまん中へ、彼女は御輿《みこし》据えることにきまった。百姓の隠居夫婦が、小遣稼ぎの経営で、カラつんぼの娘が、膳の上げ下げしていた。安くて、気の置けないことだけは確かな宿である。案内役は、役目を果たし、そこで東京へ引揚げるかと思うとそうでなく、一日のばし彼女の引き止めるのをよいことに、一緒に熱海《あたみ》へ行ったり、海岸散歩したりして、三日目の夜、ショート・カットを云々したりして、手ひどく抵抗し続けた女を、とうとう意のままにしてしまった。すると、松山は一寸手の裏返した如く、もの軟い、甘ッたれた口きくような女に早変りし、夜は自分のネルの寝巻きを男に着せたりして、横になるような工合であった。両親の顔知らず育った女は、かねがね女学生好みの小説、こっそり愛読しているような節もないではなかった。ままごと遊びみたいに、十日ばかり過ごし、一寸東京へ行ってくると云い出す私を、彼女は眼の色かえて取止めて、オルグとはきっぱり左様《さよう》ならする、その時期のくるのを、実は前々から心待ちしていたのだと、述べたてたりした。ショート・カットの女に、空しく心ひかれていた私は、彼女と関係が出来てしまうと、そっちの方はケロリとし、松山の云うなり、彼女と同棲したものかなどと、真面目に考え出したが、どうにもふんぎりつきかねる気色であった。としは、三つ上の、病弱であるが、生活力の一応逞しそうな、弁も立って結構社交性に富んだ女が、果して自分の妻にふさわしいかどうか、大分疑問残るふうで、その生い立ちから現在に至るまで、尋常一様でない路踏んできている彼女の、多角的に入り組んだ、シンのしぶとい性格を、果して末永く御して行かれるかどうか、手前の身の程は棚にあげた上の話ながら、甚だ自信持ちにくく、生得歯切れのよくもない私とて、結局うじうじと女に調子合わせながら、雪の多い二月一杯、大きな梅の木の陰になる六畳で送ってしまった。

月が変ると、二人は共々上京し、松山はその儘私の下宿へタクシー乗りつけ、トランク等荷物を、別の青いへりついた四畳半へ持ちこんでいた。その夜、私は玄関わき三畳の部屋へ眠り、彼女は階上と、別々に寝たが、ひと晩中待っていたのに、さっぱり姿みせずじまいだった男の心底みてとり、彼女は翌日荷物を牛込の眼鏡店の二階へ運び、まだ未練たっぷりだったが、私と云う者とは、これまでの縁と一応心にきめたようであつた。

○

約ひと月振り、明日から日米ダンスホールへ通い出すと云う日、松山と私は揃つて、秋声先生宅訪問することになつた。

それを云い出したのは、松山であつた。私の方は、彼女と並んで、先生の前へガン首曝すなど、妙におもはゆくテレ臭い思いで仕方なかつた。いい気な者だと、先生に一太刀浴びせられそうで、足が進まなかつた。先生が、眼鏡店の二階へ、ちよいちよい顔出しされており、二階から小便する癖まで松山から聞いていたが、彼女は先生にとり何んであつたか、そのへん消息洞察できず、大して意味あるものでもなかつたのだと、そんな風に独り合点していた私は、先生の手のうちから、彼女をだまつて、横取りした覚えはさらさらない迄も、女と鼻揃えて、面前へ出るのが、憚《はばか》られてならなかつた。が、松山は、何の臆することとやある。小田原へ行つてからのことを、逐一先生に披露し、二人がこうなつた次第を喜んで貰おう、いつそ祝福して貰おう、先生は必ず賛成してくれるに相違ないと、少しもためらうことなく、力説して譲らず、例によつて私が負かされてしまつたのだ。

錦紗の絵羽織に、棒縞お召の袷、金絲のからまる帯下目にしめて、鼻緒の青い桐の下駄穿き、銀狐まがいの襟巻きした女のいでたちは、一目女給か何かとお里が知れそうな位、派手づくりながら、白く塗つても顔色のよくない、口もとが大きくて、黒眼ばかり異様に光る面相は、肩の下つた、腰のまわりのこけた貧弱な体つきよりまして、著けた衣裳とうら腹な感じである。一緒に並んで、電車通り行く私は、相変らず頭髪はのび放題、釦《ボタン》も満足についてない日に焼けたトンビひつかけ、ちびた下駄穿き、みるからうらぶれた風態で、妙な一組にすれ違う女が、思わず振り返つたりしていた。大学正門近く、電車通りを横手にはいり、三四階建の大きな下宿屋の並ぶ細い通りを、ふた曲りして、杉の板塀めぐらす先生宅の前へ来た。おもてを、セメントで塗つた洋館と、明治時代からの瓦屋根がそのままな平屋が、でこぼこにつながつている家である。

小さな木の門あけ、敷石を三四枚踏んで、玄関の格子をあけ、一歩たたきへ足入れた私が、持ち前の粗野な言葉遣いで、

「ごめん下さい。」

と、どなるように、云うのと一緒に、松山が銀狐まがいを肩から外し、すつと中へ這入つてきた。

茶の間の方から、清子さんが出てきて、玄関に立つた儘、しごいたように痩せた上半身のぞかせ、私をみてにつこりした。瓜実顔で、眉が薄く、いつもろくすつぽ化粧せず、家の中にうずくまりがちな、二十過ぎの彼女には、どことなく修道僧のような影がさしていた。私のうしろへ、神妙そうにしている顔馴染の女をみると、清子さんは歯並びの美しい歯みせ、叮嚀《ていねい》にお

辞儀した。松山も、ショール手にまきつけたなり、細い腰もと折るようにお辞儀した。

「先生いますか。」

「ええ。」

と、袷の上へ、黒ッぽい、半分から下のない、割烹着みたいなものひつかけている清子さんは、すぐ玄関の襖《ふすま》をあけ、奥へとり次ぎに行つた。うしろ姿見やり、松山は父親のおかげで青春を埋らせたみたいにしている、気の弱い娘に、何かといたわりの言葉並べたりした。

清子さんが引返したところで、二人は玄関へ上り、正面の襖あけ、六畳へ脚を入れた。天井のくすぶつた、柱も壁も古めかしい六畳間で、先生が三十年以上机据えられ、客とも遇《あ》つていた場所である。黒いへりのついた畳は、新しくとり換えられており、三尺の床の間に、有島生馬《ありしまいくま》の書が下つて、部屋のまん中には、紫檀のテーブル、傍に先生が田山花袋と一緒に、生誕五十年を祝われた折贈られた、扉つきの背の高い本箱が置かれたりしていた。

その座敷を突ッきり、うすべり敷いた廊下へ出、少し行つて鍵の手に右へ曲ると、現在先生の書斎兼居間となつている六畳である。入口には、水色のカーテンが垂れていた。

先生は、着物の上へ、地味な黒ッぽい八反のどてらひつかけ、黒塗りの大きな長火鉢の向うへ坐つており、火鉢の横手のテーブルには、読みかけの、一茶の石刷風な和とじの書物が、載つていた。膝頭の向きを換えるだけで、いながらにテーブル・火鉢へ手が出せるようになつている。一間の床の間には、先生が本郷通りの夜店から、五円で買つてきた、一寸掘り出し物と云えそうな、筆捌《さば》きの鮮やかな漢詩の軸が下っており、違い棚や床板に、十五六冊書物の背もみられた。余り書斎臭のない部屋で、先生の人柄手にとる如く反映しているようであつた。欄間の隅には、小さな歌磨がかけてあり、山田順子と差向い納つていた当時からの代物で、その儘にされていた。入口近くには、順子が買つて、どうしたわけか、先生の手許へ残されることになつてしまつた、いんねんつきの、そんなに年数たつていない、桐の箪笥《たんす》がひと棹置いてあつた。西向きの紙障子には、庭先の枝ぶりが、淡くうつつていた。

二人は、這入つて行くなり、両手を青い畳面へ突いて、型通りの頭の下げ方した。火鉢の向うに坐つている先生は、心持ち怒り肩をはるようにして、二度頷《うなず》くように頸すじ動かしてから、

「暫《しばら》くだつたね。」

と、頭髪や、眉が薄くて、鼻も低いが、輪郭のはつきりした、みるほど味い深まるような面相とは、一寸調子の異る、甲高い、いつそ若々しい、声色であつた。先生の顔には、ほんのり脂肪が浮いており、先生は時々原稿用紙苦茶々々とさせ、顔面拭う癖があつた。

「手を出し給え。構わないよ。——座蒲団とつて、ひいて呉れ給え。」

ぽつんと一人、手持ち無沙汰にしていたところへ、二人の出現は、先生に悪くないようであつた。いつたいに、客好きの方で、誰彼の区別なく、話を合わせて行ける、鷹揚にふッきれたような趣きもある人であつた。順子との出入り以前は、小むずかしい、とつつきにくい、神経質な人で通つていた先生が、以来ひと皮むけたとも云えそうであつた。

「こっちへ、もっと寄り給え。」

手招きまでし、二人を、火鉢のそばへ招ずるのである。恐縮のていよろしく、私と松山は、座蒲団の上の膝先を、いざり寄せた。火鉢の中には、二つのごとく如きものがあり、かけられた鉄瓶の口が、かすかに、湯気を吐いていた。

先生は常用の「朝日」の喫口ちぎって捨て、小枝のような木のパイプに、さしこまれた。

「小田原はどうだったね。」

と、幾分眼尻が下り加減な眼の、キラつき易い眼頭に、好々爺然《こうこうや》とした円味つけ、先生は相変らず不精髭生やし、不景気な顔している男と、あっさり白く塗っている女の顔を、交互にのぞいた。二人は、互いに、面うつむかせ、ややテレ気味である。

「小田原は、東京より暖かくて、しのぎよかったろう。」

「暖かでしたわ。コートがいらない位でしたわ。」

「今年は、雪が多かったですね。降らなかった日は、数える位でした。」

「雪に降りこめられ、君達しけこんでいたというわけか、ね。」

と、先生は、シミがぽつぽつ出来ている面長な顔面歪《ゆが》めた。一寸、いたずらっぽく、両人をこづくような、眼つきしてみせた。

「いや――。」

「ホ、ホホホ。」

「日米でも、君が小田原へ行つたこと、大分評判になつているようだな。」

と、云いかけ、その案内役の私と、彼女が出来てしまつたことも、残らず筒抜けだぞ、と言外にほのめかすようである。二人は、又テレ隠しに、顔うつむけた。停車場裏の安宿へ落ちつき、三四日して、彼女はパトロンの洋画家外、五六人の常連へ、簡単な便りしたきり、二度と手紙もハガキも、東京へ出さずじまいであつた。

「避寒に行くと、ホールの主任さんにことわつて行つたんですが。」

「結構じやないか。噂も評判も、ことによりけりだ。コトさん（紙問屋の略称）なんか、きつと焦つくような避寒してるんでしよう、なんて盛んに羨《うらや》しがつていたね。」

と、先生は、煙草のヤニ臭い歯みせ、多少まぜかえし気味である。

「コトさん、まあ、ひどいこと——。」

「あの人らしい表現で面白いじやないか。——それに、君の顔色、すつかりみちがえるようによくなつた。クリスマス時分は、からきし青くなつているんで、僕も一寸気になつた位だ。」

と、さばけた、親身な口の利き方であるが、そうさり気なく扱われると、二人はかえつて、小田原以来のしかじか述べたてる余地ない感に先だたれ、自然と猿ぐつわはめられてしまうも同然であつた。口先だけでも、祝福云々などと、手放しに意気込んでいた松山始め、用向き切り出し得ず、先生の前で下手なこと云い出せば、閻魔さまに舌抜かれる思いもしていそうであつた。今後一緒になる気か、ならない気か、そのへんのところが、両人共いまだにはつきりしていない、嘘の部分が、いわれなく先生の無言さばき、うけるようでもあつた。

私も、松山も、ついかたくなり、何かもじもじしている様子である。いつそ、もどかしがつた気配で、膝頭ぐらぐらさすような立ち方し、先生は違い棚から、洋酒の角罎持つてき、コツンとテーブルへ置き、二度目に腰の高い小ぶりなグラスを三個、かかえてきた。殆んどと云つていい位、アルコール分は和・洋問わず駄目な先生から、酒振舞われるなど、滅多ないことであつた。

「コトさんが、先達くれたんだが、僕の口にもあうような、甘いやつなんだ。」

と云いながら、ニコチン中毒で、可成震えのくる手で、グラスのふちたたくようにしながら、それぞれに卵色の液体満たした。

「やり給え。」

と、云つて、先生は自分から先、グラス持ち上げ、ゴマ塩髭がちよつぴりこびりついている口もとへ、少しばかりたらしこまれた。

「やり給え。」

「頂きます。」

二人もグラス手にした。私は、どちらかとすれば、甘党の方であるが、相当いける松山で、ホールの帰りがけ、おでんやの屋台に寄り、一二本ひつかけるなどは、毎夜癖になつているような女であつた。二人共、つかえた胸の塞がり、こじあけたいかして、ひと息にグラス干していた。舌先のしびれるような、甘くて苦つぽいウイスキーであつた。

「元気がいい。――遠慮なく勝手におやり。まだ半分以上残つている。」

飲みッ振りに反し、ためらい気味にしている方に、先生は続けて、すすめた。

松山は、細ッこい頸すじ折り、先生に一礼してから、白い指の腹角罎に巻きつけ、先に私のグラス満たした。先生の手前、私が控えていると、松山は自分のグラスも、その手で満たした。

「やり給えよ。」

目礼して、同時に両人は、グラスへ口つけた。二杯目がまわると、立ちどころ、私のそいだようにこけた頰のあたり、火がついた如く赤くなり出した。松山の方は、一向に色にも出ない。

自分は、まだ始めの分を、ふた口しか飲んでいないのに、先生は二人に三杯目の酌してやつたりした。

「長さんどうかね。君には、甘口だから、丁度あうだろう。」

「うまいです。」

と、私は、小さな目を、絲のように細くしたことであつた。

「松山君には、一寸不向きかな。」

「いいえ先生、迚《とて》もおいしく頂いていますわ。コトさんからの到来品だけあつて、中々上等のウイスキーのようですわ。」

「うん。あの人が持つてきたもんだ。間違いはないね。」

先生は、三口目のグラスを、口髭の下へ、ゆつくり当てがつた。

障子にうつつていた木の影もなくなり、そろそろ日が暮れかかつた。私は、途中から、心臓の鼓動激しくなり、止めにしたが、松山の方は殆んど立てつづけと云つた形で、自ら手酌に及んでいた。甘口とは云え、ウイスキーのことである。六、七杯干すうち、色にはさのみ出なかつたが、彼女の坐つている膝もとゆるみ、孔雀の絵羽織かけた華奢な上体が、幾分崩れ始めた。

「これから、銀座へ出ないか。」

「ええ。」

「君なんかには暫く振りのわけだね。」

「やがて、ふた月になりますわ。先生、お供させて頂きます。」

「このところ、僕は一寸日参しているみたいだ。」

「今日は、一穂さん、お留守なんですか。」

「ウム。一穂は、ね。どこへ行つたのか。」

先生は、急にそつぽう向いたような口の利き方され、顔色渋くした。一穂君は、三四日前から、隅田川近くの小待合へ出かけているのであつた。

先生は、ぷいと立ち上り、細い廊下の突き当りにある、便所へ行つた。と、松山が、くるりと膝頭を私の方へ向け、眼のふちのいくらか赤らんでいる、平たい顔きしませ、黒眼を持ち前然と、険しげにどぎつくし、

「あんた、帰つて下さい。」

と、三十三と云うとしにしても、不似合いな位、潰れた太い、相手を抑えつけるような声である。

「君も一緒にかね。」

私は、まつかに充血してしまつている眼の色弱めた。

「いいえ、わたしは、先生とご一緒に、銀座へ出てみるわ。——あんた帰つて。」

「いやだ。俺も行く。」

不安と困惑、露骨に顔へ出し、私は駄々こね出した。ききわけのない子供をもて余した如く、松山もしまいには、勝手にしろと云うようにほうり出し、くるりと向きを換えて、膝頭火鉢に当てがい、グラスへ手酌であつた。

先生が、便所から、帰つてきた。立つたなり、

「コロンバンへ行つて、定食でも食おうか。——もう三月だね。大分暖かだ。」

「あすこの定食は、値段の割りに、たつぷりしていますわ。わたし、遅番の時は、よく行きます。」

「そうかね。で、君は又ホールへ出るの。」

「ええ、明日あたりから行くことにしています。」

「フーム。」

と、やにッこい小鼻ふくらませ、先生は隅の乱れ籠の方へ寄つて行つた。中には、清子さんの手で、鼠色の背広の上下、ワイシャツ、ネクタイまで、ひとつひとつ畳まれたり、置かれたりしていた。先生は、どてらとり、著物をぬぎ始めた。と、松山は又私の方へ膝頭向け直し、先程とは別人の如く、眼色なごませ、いつぱいの媚色たたえながら、なよなよとまつわりついてくるのである。私は面喰い、度胆抜かれた形で、女の手を邪慳《じやけん》に払いのけながら、

「何するッ。」

と、声に力を入れた。が、皆無聞えないみたい、彼女は私の膝の上へ、尻の方から載り始め、こつちのわきの下へ、両手からみつかせるのである。

「先生の前だぞッ。」

と、私は再度叱りつけたが、先方にはいつかな通じない。互いの胸もとが、ぴつたり合わさりそうになつたところで、彼女は細頸振りふり、

「ね、キッスして。」

と、小田原へいつた時よく使つた、少女の口まねみたいな声色である。この光景、目撃しない先から、先生は向う向きになつており、丁度くすんだ色気のネクタイ結んでいるところである。それとみてとり、私は色どられた彼女の大きな口もとへ、自分のそれを合わせた。女は、いつぺんに、生気抜けた如く、ぐつたりした。

いつ時後、三人はタクシーで、銀座へ出て行つた。洋食店の二階へ上ると、松山は先生の方

へ余計口数多くし、又私の存在を邪魔者扱いし出した。

翌日、一人で私は、先生の許へ足運んだりした。

○

電車の音が、殆んど途切れることなく聞え、その度毎上下動する、玄関わきの三畳で、下宿から借りものの、小さな机に向い、背中丸めながら、私は原稿用紙へ、ペン走らせていた。近くの博文館へ持ち込む筈な、少年小説が半分ばかり出来かかつていた。海沿いの、蜜柑畑を背景にした話である。

鼻の先には、節穴だらけの天井から、裸電球がぶら下り、まわりにとつついているほこりで、光が大分弱まつているようである。

と、玄関に向つたガラス戸を、表からノックする物音である。来訪者は、外にいた儘、私の部屋を勝手にのぞき込むことも出来るのであつた。

赤いペン軸擱《お》き、私は腰をのばして、戸あけてみた。一人の青年が立つていた。相当日焼けした紺絣《こんがすり》の羽織、著物姿の譲二君で、女のように白くて整つた顔が、アルコール分でいくらか染まり加減であつた。その細面を、人なつこく歪め、眼をなくすように細めてから、

「お仕事中ですか。」

「いや、大したことはないんです。」

と、赫ッ面の地顔、のぼせ気味にしていた私は、すぐ腰うかせ、

「出ますか。」

「ええ。一寸お話が——。」

「譲二さん、酔っていますね。」

「角の屋台で、少しばかり——。」

上野へんの警察署から、自宅へ戻り、まだ五日とたっていない同君である。例に依って、襟垢《えりあか》のこびりついた、着たきりの銘仙の着物、片ッ方のチがとれた羽織ひっかけ、杉の安下駄穿いて、私は玄関から出て行った。多少、私より上背のある、痩せてひよろついている譲二君と並び、電車通りのはしづたい、歩いて行った。

古ぼけた瓦屋根の二階家が、でこぼこに並んで、もの売る店先のあかりも薄暗く、町中でいながら場末じみたあたりである。

猫背気味の譲二君は、前かがみ足早に歩いている裡、二十代のとしになく、ががらした嗄れ声で、

「松山さんとお安くないそうですね、ケ、ケケ。」

「いや——。」

「あのひと、ホールへ出ているんですか。」

「又行っているようですよ。」

「僕ア、二三度、あの人をうちでみたことがあるが、どうも虫が好かない、陰険な眼つきしていて、ひとのうしろ側の方から、ひとをみるような感じでね。」

「そいつは面白い。相手の顔をみているようで、その実その人の裏ッ側へ、気をくばつている。――面白い見方だな。松山君には、たしかにそう云うところがありますね。」

「アッ。自動車がやつてきた。――あぶないですよ。」

二人は、焼芋売る店の前で、暫く立ち止り、又歩き出した。

「川崎さんは、うちの親爺が、松山さんの下宿へ、ちよいちよい行つていたこと知つていますね。」

と譲二君は、一段と嗄れ声、高くした。

「ええ。きいていました。」

「見栄坊で、中々口に出さない方だが、親爺は松山さんに気があつたんだな。」

「嫌いではなかつたとしても、先生は別にどうのこうのと、あの女にかかずらつていたわけでもないでしよう。ほんの行き摺《ず》り、と云つた程度だつたんでしよう。」

「いや、そんなことはない。順子のような、あんな白痴美みたいな女に血道あげ、夢中になつた親爺のことだ。何の目的もなく、松山のところへなんか出かけるもんか。――そうにきまつてますよ。順子に背負い投げ喰つて、その痛みがまだ疼《うず》いている場合も場合なんだ。」

と、譲二君は、会釈なく、私におッかぶせるような言葉遣いである。そんな筈は、と思いながらも、つい私は胸に手をあて、扠《さて》と考え直す気にもなりかけた。

「空ッ腹にまずいものなしと云う言葉もある。相手がどう云う代物であれ、親爺が通つた女を、川崎さんが好きになつた気持が解らないんだ。どうも、俺にはそこのところが、解らないんだ。」

「と云うと、譲二さん、俺が先生の女を横取りしたことになるのかね。」

と、私も、これは聞き捨てならぬと、即座に居直り気味である。

「はつきり云えば、先ずそうなんだ。」

「いや、それは君の誤解だ。思い過ごしなんだ。――先生が、松山のところへ行つたことも、小便をよく屋根へしたことも聞いているし、松山と先生が踊つたり、帰りに一緒に喫茶店や何んかに這入つたのも知つているが、先生があの女にそんな気でいたとは露思えないよ。ほんの退屈ざまし、そうとしか思えない。」

「いや、親爺はそんな人間じやない。女には、全く眼のない爺なんだ。それを、あんたが、横手から飛び出し、カッぱらつてしまつたも同様なんだ。――俺にはどうしても解らないんだ。」

妙な云いがかりをつけると、私もしたたか譲二君に応酬して、二人の押問題は中々終りそうもない。

ところへ、オーバーのポケットへ両手突つ込み、しこでも踏むような脚どりで、向うからやつてきた大男に、いきなり奇声上げ、譲二君は飛びかかつて行つた。すると、大男は手もなく、紺絣着た痩せッぽちを、アスファルトの上へ、たたきつけた。やりつけていることらしく、譲二君は投げられたはずみ、上手に片手で受身の構えしていた。それなり、再び起き上つて、立向おうとしない相手を、大男は一寸ねめつけてから、ポケットへ両手突つ込み、すたすたと行つてしまつた。

〇

上京後、私と松山との関係は、ひと月ともたなかつた。

彼女が、日米へ通い出した当座、私は二三度ダンスホールの客席に坐り、帰りは眼鏡店の二階へ、泊るようなことがあつた。先方も、そんなにつきまとう私に、満更いやな顔して見せなかつたが、十日とたたない裡、オルグがどこからともなく、彼女の部屋へ帰つてきており、それとは知らず階段上つて行くと、二人が床の中に横たわつてい、私が這入つて行つても、どちらもすぐには、起き上ろうとしない。半時間ばかりたつて、五尺三四寸ある、頑丈な体格したオルグは、摺りきれたジャンパーに、廂《ひさし》の破けたハンチングと云ういでたちになり、私の方はみてみない振りし、階段降りて行つた。二月中、小田原の宿で、私が著通しだつた、白いネルの寝巻き姿で、松山は男がひきとるとすぐ私の膝の上へ載つてきた。特徴のある眼が、いつになくはれぼつたく、眼の玉がまつかに充血していた。昨夜、ホールからの帰り、ひと晩がかりで、彼女は私と云う者とそうなつた経緯をあかし、先方にはつきり別れ話持ちかけたが、どうしてもオルグは身を退こうと云い出さない。松山と別れたら最後、二度と自分のようなものを相手にしてくれる女なんか現れまい等々、体つきに反した、心細いようなことを、百姓の出らしくひちくどく続けてみると、相手の殺し文句に、日頃慈悲心ひけらかす癖のある女は、やすやす乗つてしまう結果となつた。自分から、云い出したことは、だからと云つて水に流さない迄も、オルグとはつきり切れるわけにも行かず、さんざ泣いたり何かして、かたづかぬ気持のまま、午《ひる》近くまで一緒に床の中にいたのであつた。

が、その次、遅番の日、私が眼鏡店の二階へ行つてみると、オルグが彼女の部屋へ置いてあつた、僅かばかりの荷物纏めて、どこかへ移転するさなかであつた。欄間の小さな額のうしろ側から、レーニンの写真とり出し、額はもと通り、写真だけ黙々と鞄へ納めたりしていた。そんなしぐさを、瀬戸の火鉢の前へ坐つたなり、松山は平気そうにみていた。うかつなこと云い出せば、逞しい腕振り上げ、飛びかかつてきそうな三十男の手前、私も息殺し、控え目にしていた。

大きな風呂敷包と、小型な鞄ひとつ、両手に下げ、ハンチングややあみだにかぶつた、色の黒いオルグは、とつてつけたように、白い歯むき出す笑い顔、松山へ向けた。彼女は坐つた儘「お大事に」——とか何んとか、月並な台詞洩らした。続いて、オルグは私に目礼し、部屋の入口の方へ出て行つたが、松山はさつぱり立上る気配も示さない。

オルグが、出て行つたあと「これでほつとした」云々とあり、彼女は両手拡げて私に抱きついてきたが、こつちは腹の隅に、しこりが出来た如く、単純には振舞えずいやな予感さえ、そぞろ覚えるようであつた。

　上京後、二度と、電車通り近くの下宿の三畳間へ、松山は姿みせなかつたが、私は三日にあげず、彼女の許へ足を運んでいた。再々、ホールへも現れ、潮たれた身なりの小男が、人々の口にやかましくいろいろととり沙汰され、だからくるなと云つても、やつぱり私が勤先へ押しかけて行くので、彼女はいい加減くさくさし、そんなに女の尻追うことより外、能のないみたいな相手に、ほとほと愛想もつきて行き、私との評判が立つてから、洋画家の仕送りもていよく拒絶されたりして、何やかやでひと月とたたない間に、私もオルグと同様、彼女から閉出し喰らい、生木ひき裂かれるような思いに突き落された。手前始め、ひと通りの者でない女に、どこかで気を許さず、それと一緒になるなんか、剣の刃渡りにも等しいなどと、よくよく承知していながら、彼女が自分を捨てるとみると、しやにむに追いかけ、その都度深手こうむり、いよいよひつ込みがつかなくなつて行つた。

　一時、私も、一種の二枚目気取りで、ヤニ下つていなくもなかつたが、その増上慢《ぞうじようまん》の仕返し、更に大きいものがあつた。

〇
　いつたん、弊履《へいり》の如く扱いだした男へ、松山は二度と慈悲心の片鱗だに、みせもしなかつた。

一穂君がやつてき、私を玄関わきの三畳から、表へ連れ出した。そろそろ花時になる、生暖い風もない晩方であつた。

譲二君のより、細かくて、日に焼けてもいない紺絣着て、オールバックの頭髪房々させており、いつもながらの、眉の垂れた、毒気ない顔つきし、同君は近所の喫茶店へ、ひつぱつて行つた。こつちは、一枚看板の袷着、ちびた下駄穿いて、もともとやせていた頰の肉は落ち、くぼんだ両眼が、抉《えぐ》られた如く、奥の方へひつ込んでしまつていた。三度のものも、満足に食つていず、しよつちゆう腹の虫が泣いているようであつた。坂をのぼつて、高台の先生宅訪ねるのも、何かと憚かられ、足を向けにくかつたし、松山にひどい目あつている自分のことが、先生達の耳にも筒抜けと承知すれば、一層あの坂路が苦になるようであつた。

まずい、色も悪い、コーヒーを間に置いて、一穂君は遠廻しし、私をいたわり加減なもの謂である。そんなうわ手へ廻つた口振りに、反撥する気力のほども喪失し、ややもすれば泣きッ面になつてしまいそうな位、私はぺ、ち、や、ん、こにされていた。

「松山という女ね、あの眼からして、僕は始めから、ひと癖もふた癖もあるしたたか者と睨《にら》んでいたんだ。君があのひとと、まずい工合になつたのは、長い目からすれば、かえつていいことだと思うね。」

と、一穂君はどこまでも、もの穏かに云うのである。父親が順子と交りを結ぶのと前後し、同君も可成りとし上の、当時小待合経営した女と恋愛関係に這入り、いろいろとその方面の苦労つんだ人でもあつた。

「ありがとう。俺だつて、あの女を、根から信用しきつていたわけじやないが、思いがけない不覚とつてしまつた。——本当に情けないよ。」

「まあ、いいさ、お互いにまだ若いんだ。これも一つの修業だと思えば納まるじやないかな。」

「そういえばそうだが、何しろ参つたね。一週間ばかり前だが、眼鏡屋へ遅くなつて行つたが、まだ松山はホールから帰つていないんだね。その裡、勝手口の戸があく音がし、帰つた様子なんだが、それッきり松山は二階へ上つてこない。こつちも、階下へ行つて、松山をひつぱつてくる勇気も出ないんだ。小便しに降りることさえ出来ないんだ。で、仕方なく、床の間に置いてあつた一升罎の空罎へ、しゆうしゆうやらかした始末さ。朝方まで、寝るに寝られず、一升罎がしまいには、こぼれそうになつて、困つたよ。」

「ハハハハ。それで、翌日松山は上つてきたかね。」

「ああ。くることはきたが、いきなり畳の上へころがつている俺の頭の近くに坐り、えらい剣幕なんだ。まるで罪人でもさばくような調子で、まるきりこつちのとりつく島もない位なんだね。そうこうしている裡、ホールの常連がやつてき、俺の方は黙殺し通し、ぺちゃぺちゃ話していたが、一時間ばかりすると、二人で一緒に出て行つてしまつた。」

「君を置去りにしてかね。」

「ああ。ひとりで帰るのもやつとの思いだつた。眼鏡屋の婆さんに、いやでも顔見られてしまうからね。」

「フム。――僕が金持ちなら、別荘へでも行つて、当分静養してき給えと云いたいところだが。」

「ありがとう。――本当にありがとう。で、先生はその後お変りないかね。」

「体だけは別にどうッてことないようだね。」

「踊りには相変らず行つてるの。」

「行つてることは行つてるが、日米へはこのところ、遠ざかつている風だね。」

「そうかね。――三四日前、ひよつこり、譲二さんがやつてきたんだ。相当のんでいたようだが、俺がまるで先生の女を横取りでもしたように、妙に突ッかかつてくるんだ。こつちは、身に覚えないことだから、どこまでも反対していたんだが、まさか先生が――。」

「そんなことはない。そりや譲二の下らないかんぐりだな。見当違いも甚だしい。」

と、一穂君は、角のない顔を、いつぺんに硬直させ、幾度も頸を横に振つてみせた。

時たつにつれ、私もどうにか立ち直り、銀座へんの大きな通信社に仕事口みつけ、月々四五十円の定収入にありつくことが出来たりした。松山については、全く知るところがなかつた。

先生は、河岸を換え、ダンスホールから、段々小石川白山の花柳界方面へ足向け始め、そこで長篇「縮図」の女主人公に巡りあつた。


――二十九年八月――

# 捨猫

ふた昔ばかり前の事である。

油絵の方は、殆んど買い手がなく、少年少女雑誌の挿絵で、どうにか露命をつないでいた小川は、思いがけなく、展覧会にとおつた八十号の風景画が売れたとこで、彼としては纏つた金を懐にすると、東京本郷の下宿を切り上げ、汽車で二時間足らずの海岸町へ赴いた。代々カマボコ屋を業《なりわい》とする実家には、両親が達者で、長男の身代りになつた弟も徴兵検査前であつた。彼は、裏の物置小屋へ、カンバスその他絵の道具から、布団行李まで持ち込み、おもての摺きれた畳二畳敷かれてある狭いところを、アトリエ兼寝室とし、三度の食事は、母屋の方で肉親と共にやり、当分神輿《みこし》を据えて、絵の勉強に専心しようと構えるのであつた。貧しい、その日その日に追われ、じつくり作画に身を打ち込めなかつた三四年間の穴を、一挙に埋めようと、一寸眼の色が変つているようで、三十を過ぎた身でありながら、親のただめしを食う手前も、大してはばかるどころでなく、むしろ当然のこととしているようであり、又実家も、彼一人位余計なものが加わつたにしろ、さのみどうこうというほどの暮し向きではなかつた。ただ、親の目からすれば、ろくに金になりそうにない絵など描いていて、先々どうするつもりなのだろう、とそれが苦にもなれば、不安でもあつた。が、いくらいつても、一向利き目がないみたいで、当人の勝手にさせて置くしかないようであつた。商売を嫌い、東京へ飛び出した日からあの子は死んだものと諦めると観念し、それを女房にも云つてきかせていた父親ながら、目と鼻で、毎日顔を合わせるようになつてみると、つい文句も出たし、彼のよごれものを洗濯させられる母親の方はなお更で、憑《つ》きものがとつついているのではあるまいか、と腹を痛めたわが子でいて、その気心のほどが読みかね、三度に一度は、どこか間の抜けているような、眉と眉の間のひらいた顔をのぞきこみ、ふと溜息をもらすようであつた。事実、親共のみる通り、片脚は宙に浮かせているような、足許のあぶなつかしい、世馴れて生きるにむずかしい小川持ち前の人となりであつた。

　絵が生命である、と称しながら、女や酒も好きであつた。居酒屋で、一二本のんでいる間はまだ無事だつたが、ひとに誘われ、待合へ行き、来合わせた芸者に惹《ひ》かれ、一週間に一度二度と、彼はその女を呼び、それが一月二月三月と続き、彼の懐が大分怪しくなりかけてきても、先はみじんすきをみせないようであつた。流石の小川も、片思いのやるせなさに、無理心中など心に描いてみたりしたが、女で苦労したためしは今度が始めて、という初心者ではなかつた。三年ばかり前にも、カフェで女給をしていたものと、体の方から出来合い、下宿屋の六畳に同棲生活をしたが、女の持つてきたものが、早速質草と代るような始末に、将来の見込みもない、と匙《さじ》を投げて出て行つた。その折、彼にも逃げた女を探し廻るほどの執着や未練がなく、ただぼんやり絵筆とる気もない位で済んだものの、女なんて、と腹の底からこみあげてくる片手落な不信、憎悪の念は、あとあとまでものこる風であつた。それが、月日のたつ裡に、だんだん薄らいでしまい、根が甘く育つた人間とて、又こりもせず、肱鉄砲をくうだけが能のような芸者との、馬鹿々々しい、無駄な恋を、み月よ月も続ける仕儀に及び、借金のかさんだ待合にさえ玄関払い喰わされる羽目になつても、別段、ひつこみがつかないというような恰好をも示さず、すごすご泣きねいり、ひき下るしか芸がないようであつた。しん底からの、ぐうたらとも、不死身とも、何んとも、名のつけにくい彼の足どりであつた。

当の芸者が、遠出などで、かけてもこない時は、つなぎとして、君香というのをよんでいた。君香は、毎夜、出たとこ勝負、みず知らずの男でも、腹の上にのせて稼ぐ類の女で、土地に百五十人からいる中でも、常に二三番の売れ方をしており、としは十九だつたが、みたところ五つ六つ老けていそうな面立ちであつた。すらりとした、やせ型の、のびのいい四肢にも、どことなくたるみがみえ、きりつと、大きな眼の、まなじりあたり小皺が寄り、瓜実顔の頬もこけ、日本人ばなれがして白い、細やかな肌が、造花のように艶も光もなかつた。生みの親の顔を知らぬ女で、十歳になるかならないかで、里親の手から、海岸町の芸者屋へ下地ッ子として売られてき、ろくすつぽ小学校へも行かず、ようやく肩揚げがとれたと思うと間もなく、不見転《みずてん》に突き出された境涯であつた。いまだに、都々逸ひとつ満足にひけず、自分でも三味線などは嫌いだとあり、体ひとつをもとでとし、今は女親だけになつている里方への仕送りも、月々まかなつているような身状であつた。小川は、君香と、始めて座敷で顔があつた時、誰でも註文するようなことをきり出した。それに「人間的な関係を行いたい」などと女は答え、それもよかろうと、結局安上りな、場末の魔窟へちよいちよい出かけて、その方の用を足し、君香ともなんのことなく、時々あつてきていた。それがある日、小川がぶらり、喫茶店へはいつたところ、奥まつたテーブルを挟んで、君香が、とし頃の二十五六と覚しい、頭髪を分け、縁なし眼鏡をかけた、世慣れのしてない、おとなしい坊ちやん然とした、会社員風の男と、トーストに紅茶をのんでいるのであつた。一見、ただの仲でないと知れた様子で、君香もいつになく硬くなり、こだわつて、近くにいる小川の方を顧み得ないようであつた。似合いのそれというより、姉妹のような二人は、女の方が手をひくようにして、喫茶店を出て行き、それから四五日し、待合で小川にぶつかると、先達のひとは、自分の恋人であり、婚約者であると至極人聞きのいいような口上であつた。その後、熱海行の二等車に乗りこむパナマにパラソル、濠端《ほりばた》を並んで行く彼等のうしろ姿、再々みかけて、小川はつまらない顔のしかめ方したこともないではないようであつた。

旧城内にある、女学校と小学校の境は、桜の並ぶ細い路になつて居り、突き当つて、大きな樟木《くすのき》など繁る土手を登ると、水たまりのような空濠で、セメントの小さな橋が、よじれたように架つていた。大地震の名残りは、本丸へ登る石段にものこり、あたりの石垣は、崩れ、ずり落ち、無事なところも、ふくらんでいるように歪んで、その割れ目などには雑草や何かがのびほうだいであつた。

石段を登りきると、少しばかり平な場所があり、大きな石と石の間から、桐の木が花をつけていたりした。そこを過ぎれば、天守の石垣が四方にすべり落ち、中味が泥の小山のようにみえるあたりから、まわりに高い黒松のそびえ立つ台地であつた。太い幹と幹との間に、粗末なベンチなど並んでいた。あるかなきの風に、若葉の匂いがした。

並んで行く小川がだしぬけ、

「おい、君香さん、千丸と、一度こうして歩きたいよ。」

「そう――。」

「千丸に化けてくれないかなア。」

本気とも、冗談ともつかぬ、小川の大きな声であつた。君香は、一寸返事が出来なかつた。馬鹿正直とも無邪気とも、いちがいにかたづけにくい、小川の言葉に、知らず、彼女のしまりのいい、ちんまりした口もとに、微笑が浮ぶようであつた。

「君は、よく得恋のよさをいつたが、あの人、その後も、土曜日にはやつてくるの。」

「それがね、私も、男を恨めしい、とこの頃、思うようになつたわ。」

「そりやあ又、どうしてなんだ。」

「あの人、だんだん、信じられないような気がして仕方がないの。」

「ふーん。」

「もう、かれこれ、ひと月以上もこないの。私達の仲も、出来て永い間になつちやつたし、あの人のそばにはおつ母さんもついているでしよう。あの人、ひとりッ子なの。」

花模様のしてある、水色の半襟に、尖り気味の頤《あご》を、こするようにしながら、

「恋人が、信じられなくなつて行く気持、辛いわね。私、本当に信じられる人がほしいの。どんな商売の人だつていいわ。その人に、売られてしまうようなことになつても、信じられる人なら、きつと仕合せでしよう。」

何かを裂くような、金切り声に近かつた。隠し子として生れ、他人の手から手へわたつて、大きくなつた女はいいママになるのが、只ひとつの望みで、十年たつてもそうなれないときまつたら、

「いつそ死んでしまう。自分の知らない母の愛というものを、子をもつて知りたいのだ。」とも、かつて小川に洩したことがあつた。

君香の予感は、事実となつていた、男の脚が、ぱつたり止るようになり、彼女の方が、再三東京丸ノ内の勤先へ出ばつたりして、いろいろあつたが、地主の一人息子は、家や女親を捨ててまで、好きな女に殉ずる決心がつかず、とど世間並の手切金という形に落ちて行つた。よしんば、君香の腹に、男の子供がもうきているると、申し出たところで、夫を亡くしてから十年近く、その屋台骨を背負つてきた母親は、そんな稼業の女の生むものなんか、と頭から真にうけ

はしなかつたであろう。しかし、身の因果で、としになくかたまつているしんの強さが、のめりかかつた彼女の肉体を、どうにかもちこたえるささえになり、外には誰一人満足な、恨みや愚痴のききてもないようであつた。かえつて、玉の輿にのりそこねたぶざまさを嘲笑う眼ばかり多く、ツンとしている、器量を鼻にかけている、といつたような陰口を、ふだんから仲間や待合の女中などにきかれる女でもあつた。彼女は前にまして、深酒をやるようになり、幼時病んだことのある、肺炎までぶり返し、二ヵ月以上商売を休んだりしていた。

○

乗り込んだ当座の、意気込みとは裏腹に、制作も大して出来ず、殆んど時間と金を浪費しただけのような不首尾であつた。九月になる早々、小川はまた本郷の下宿へ引揚げて、挿絵を描いたり、郊外に書架をたてたりするような日常を送り、その年の暮が押し詰つたところで、例年どおり、正月を実家ですべく、海岸町へやつてきた。両親に一人の弟、都合四人で囲む食卓の雑煮は、いくつになつても彼に魅力的であり、中々乳離れした大人に、なりにくいようなその性質を裏書するようでもあつた。

大晦日の前の晩、借金がそのままになつている待合とは、別の家へ、彼はフラフラ上りこんだ。例の芸者は病気の由で、君香をかけるとすぐやつてきた。

六畳の座敷のまん中に、紫檀のテーブルが置いてあり、わきに猫板のついている小さな長火鉢があつた。それを挾んで、二人は盃をもつた。暫くぶりの君香は、俄《にわか》にとしをとつてしまつたように、へんにしぼんでいた。ひつ詰風の洋髪のため、三角形の額が余計貧相に飛び出て、こけた頬がたるみ、そこだけが不細工に出来ている、低いそり気味の鼻すじも、一層いじけたものにみえた。着ている、小豆色と藍色の棒縞お召も、前々覚えのあるもので、体に似ない、小さな手に、安つぽく光る、チヤチな二つの指輪にも変りなかつた。いやに、影のさす、勝手違つた女の彼女がその後辿《たど》つた月日のしかじかなど、勿論小川のよく知るはずはなかつた。

縫針のような感じをふくむ、細い声で、

「東京は面白かつた?」

「うん。相変らずの三文絵かきじやね。」

「でも、海岸町よりましでしよう。」

「いずこも同じ、秋の何んとかさ。ここに、こうして坐つていると、何んだか旅の宿屋にでもいるような気持だ。」

「千丸姐さんにあえないからじやない?」

「来たつて、結局同じ事さ。旅愁だ。」

「郷愁でなくつて、旅愁なの。」

「フン。」

「じや、私、どてらをもつてこようかしら。いつそう、旅にいるような気持になれるわよ。ハハハ。」

と、君香はすき間に金をつめた歯をみせ、気軽に笑つた。いつたい、頭の弾みに面白味のある女で、啄木と一葉の愛読者であり、夢二の絵を好いていたようなところもあつた。よかれ、あしかれ、している稼業の水に、つかりきらない、生れつきのそうした一面を持ち合わせ、夜毎彼女が相手にする客とやや趣きの違う、貧乏臭いと同時に、肌合いも変つた小川などの前では、はたからみれば、ネコをかぶつているともとれそうな、別の女に早変りするようであつた。

「東京でも、海岸町のように、飲むと唄う?」

「うん。あんまり飲めないんだ。その代り、銭湯へ行つて唄うね。東京の湯屋は大きいし、それに昼間は二三人しかはいつていないから、もつてこいだよ。ハハハ。」

既に、彼の顔は気色ばんでいた。

「この間、こんなことが、新聞に出ていたわ。あの、そのひと、巡査なんだけど、お風呂に行く度、小川さんの好きな、鉾《ほこ》をおさめてや、いろんな流行歌を唄うのね。小さな声で唄つているんだけど、迚もうまいんですつて。感心したある人が、番台に名刺を置いて、うちに遊びにくるようにつて、ことづてして行つたの。名刺には、東京の音楽学校の先生という肩書が書いてあるのね。おまわりさんが、何の用かと訪ねて行くと、その先生は音楽家になるようにすすめ、いよいよ稽古を始めてみると、癖のない唄い方なので、先生大喜びで、藤原義江よりうまくなりそうだ、なんて触れ廻つているんですつて——。」

「ほう。」

「小川さん、そのおまわりさんに先を越されちやつたわね。」

「ふん。」

「私、この頃、鼓《つづみ》のお稽古、始めているの。」

「うん。」

「来年、はたちでしよう。としだから、三味線の方をやり直すわけにも行かないでしよう。御覧なさい。」

と、いいながら、右の掌を出し、そのあたりを指先きでさし、

「こんなに硬くなつているでしよう。でも、何時まで続くかどうか。」

ひとごとのように、ほうり出した。

「私、よくやつた、とほめられるような、あとまでのこるようなことを、身を入れて、やるならやつてみたいの。昼間は昼間で退屈だし、映画をみに行く位のものでしよう。日が暮れれば、お座敷からお座敷を飛んであるいて、はしやいだり、酔いつぶれたりなんかして、これでどうなるのか、と思うと、へんな気持になることがあるわ。借金にしばられている身で、こんなことをいうのは贅沢かも知れないけど、私も一念こめた、仕事をしてみたいと思うわよ。」

君香は、薄い胸のあたり、波打たせるようであつた。それは、満更、気紛れな、その場の思いつきでもなさそうであつた。小川は、この女、短歌か小説でも書いて、その道の女流として

世に立とう、それを生きる手がかりにしようとしているのではあるまいか、と気を廻してみた。そういえば、彼も彼女がよんだ歌の二三みたことがあつた。どこといつて、癖のない、月並なものだつたが、ふと眼がさめて、同じ床に知らない男が寝ているのに驚くとか、手紙を出したいのだけれど、どこへやるあてもないとか、そうした実感だけ、はつきりにじんでいるような腰折れであつた。小学校もおえていない女の手は、文字通り金釘流で、嘘字も多かつた。彼女は、小川が口にした漢詩を、どう書くか教えて、と再三いうようなこともあつた。学問はなくても、客の話、客のすることなすことなど、一々気にとめ、嚙み砕いて身につけた、生きた知識を、相当持ちあわせるような女でもあつた。

「まあ、ひとつ、鼓をものにして、名人にでもなり給え。」

「いいえ、あんなの、ほんの退屈しのぎよ。それだけのことよ。」

「君は、芸者の癖に、芸に身を入れないんだね。そこが又、君の面白いとこだけど。」

「いま時、芸でもつ芸者なんか、そんなになさそうよ。」

と、相手から眼を外した。そこで、小川は、猫板の上へ、蕎麦色の盃をこつと置き、無意識に胴中をのばし、幾分そり身になつて、

「芸者は、二十を過ぎれば年増だ、というからね。君も、いい加減に、この人という相手と、世帯をもつような気組になつたらどうかね。」

縁なし眼鏡をかけた男との結末など、知つていないような、第三者らしい、いい気な、おせ

つかいを始めるのであつた。

「ええ。」

「眼一杯の結婚なんか、中々出来るもんじゃない。生活とは妥協だ、ともいわれてるからね。殊に、君のような商売をしている女では尚更——。」

「ええ。そうよ。私なんかでは、所詮、芸者屋を出させてもらう位が、いい方の口なんだけど、私には女将の役なんか、迚も出来そうにないの。」

と、中腰になつたようなものいいで、

「お妾、これも、私の性に合わないわ。」

「うん。」

「自分の望む、半分でも、三分の一でもいい。それで結構だと思うには思うわよ。でも、それが——。」

「兎に角、芸者は二十過ぎれば年増だ。一日も早く、家庭をもつことに努力するんだね。」

「ありがとう。」

「いや、余計な差し出口だつたかも知れないが、悪くとるな。」

いい出してしまつて、彼は自分からテレ気味であつた。君香にいつたことは、口を酸つぱくして、殊に母親などが、彼に向つて吐くせりふでもあつた。若い時はひとりでいいかも知れない、としをとつたらどうするの、とそんなにかき口説く、白毛まじりの母親の言葉を、余り急所に触れるところから、かえつてこれを苦手とし、話がそこへ行きそうになると、いつも座を外し、逃げ出すようであつた。彼も、女給との同棲につまずき、貧乏世帯にはコリているにしても、としがとしであり、一生独身を通そう、と心にきめているわけでもなかつた。女なんか、と多寡をくくり、みくびりたがる口裏では、気のあつた相手と家庭をもち、一家の主人になり、世を経たい、という彼のような者には無理な、尋常な夢をいまだ見限りきれず、さし当つて、そうした女もなし、二人して暮せるほどの稼ぎにもありつけないままに、親達などの心配を無にし、東京では、つい魔窟あたりの暗がりばかり、ずるずる徘徊して居り、当人の気づかない間に、余程体の方も、普通なものではなくなつているようであつた。

「ま、のもうや。」

「お酒、なくなつていたわ。」

君香は、すつくと立ち上り、五本目のちようしを取りに行つた。

「大寒、小寒、山から小僧が泣いてきた……」と、唄うように呟《つぶや》きながら帰つてきた。

「ここの家も、しいんとしてるわね。」

銅壺《どうこ》に、湯気のたぎる音だけ高いようであつた。

「世間の不景気も話の外らしいね。」

三尺の、床の間には、はさみをもつた女の軸がかけてあり、鉢の福寿草も、まだ咲くに間遠くみえた。

「妙に酔わないよ。」

「旅愁？」

「ハハ。」

赤味のさす、君香のこけた頰は、かえつて寒々しく、酒がまわつても、かわらない白眼のふちに、目やにのようなものが浮いてきた。

○

七草過ぎた、雨上りの夜である。

明日あたり、又下宿の四畳半に帰るつもりの、しばし名残りを惜しむ顔つきで、小川はぶらぶら、待合や食物屋カフェなどの立てこむ通りを歩いていた。船板塀をめぐらす大きな待合に並んで、三尺の飾窓を出す、写真屋の前に立ちどまり、ぼんやり芸者の写真など眺めていると、うしろから声がかかつた。古ぼけた裾模様の褄をとり、深紅の蹴出をあらわにした君香が立つていた。稲の穂のかんざしさした、大島田のひさしあたりゆるみがみえ、彼女の顔色は心もち青い位で、ぷんと鼻に集まる酒の香も刺すようであつた。

「君、そんなところで、君らしくもないよ。」

のつけから、小川は毒気を抜かれてしまつた。

「これからお座敷か。」

「もう今夜は沢山。」

「十時廻つたかな。」

「君、すしを喰べに行かない？　つき合い給え。」

「あ、行つてもいい。」

並んで歩き出した。

「今日は、君より背が高い。」

「それは、君が高下駄穿いてるからさ。」

立喰いのすし屋は、ついそこであつた。古くからある一軒と、最近出来た屋台店とが、カフェを挟んでいた。君香は、手前の方へ、ずんずんはいつて行き、そこではつぴの男が二人、客になつていた。

「何を愚図々々しているの。」

浅黄に、江戸すしと、白くぬいた暖簾のかげから、君香の甲走つたような眼色であつた。

「今夜は、こいつ、風向きが変だ。」

と、いいながら、小川は女の隣りに立つた。君香は、出されるとりどりの、小ぶりなすしを、次々口に入れ、ろくすつぽ噛みもせず、すつとのみこんでしまう。そばに、監視する人間でもいるような食い方であつた。

「君、どうして喰べないの。」

「俺は、今しがた、やってきたばかりだ。」

「そうかい。」

「林檎でも喰いたい。兄さん、ここには林檎はないね。」

本所から、海岸町に流れてきたという、角刈りの四十男は、

「すし屋に林檎は、あんまりオツな取組みじゃねえでしょう。」

小川の田舎者を、鼻の先きで笑った。

「じゃ、これから、木村屋へ行こう。」

と、君香がひきとり、彼女は濡手拭をつまみ、値もきかず、勘定もせず、そのまま屋台を離れた。女と歩調を合わせるに、少しばかり、小男の小川には努力がいった。

「おい、今夜はへんだな。」

「ふん、照る日もあれば、曇る日もあるわよ。」

「何いってるんだい。」

「いいの、芸者に実があってたまるかい。へ、へエンだ。ひと皮むきあ、みんな四つ脚の出来そこないじゃないか。二本棒のくせにしやがって、へへエンだ。」

「おい、おい、何いってるんだ。」

「なんだっていいわよ。ことのついでに、もう二三年生きてるかッ。」

段々、君香の言葉つきは、独白の如くになり、やぶれかぶれの捨ぜりふめいていった。小川

は、始めからたじたじのていだつたが、まだ年期前の彼女についている借金の額など、そうした内幕の方は、さつぱり知る由もない彼には、どうしたはずみで、女がこんなに荒れているのか、全然見当がつかず、今更らしく、行きずりの傍観者みたいな位置にある自分に、役不足のようなものを覚え、寒気だつてきた。

早咲きの、梅が白い、神社の鳥居前を過ぎ、電車通りを横ぎり、突き当りの喫茶店に入ろうとしたところで、君香はそこに立てかけてある、ペンキ塗りの小さな看板を、

「何んだい、こんなもの。」

と、続けざま、白い皮の鼻緒のすがつた日和下駄で蹴り、そうしている裡、背筋を丸くし、はげしくせきこんだ。

「さすろうか。」

「いいわよ。」

「大丈夫か。」

「ことのついでに、もう二三年生きてるか。カッ。」

塊りでも吐きそうに、口先をひきつらせ薄い肩先で大きな息をひとつしてから、ようやく君香は、立看板の傍を離れた。

七八つのテーブルの据えられた、店の中央には、金だらいをのせた頭から、湯気を立ちのぼらせる、小さなストーヴが置いてある。そこに近い椅子に腰を下し、小川は黒いソフトをとつ

た。暫く店の中をふらふらしていた君香も、やがて彼の向い側にかけた。この店は、いつか、小川が、縁なし眼鏡の青年と、彼女がトーストをたべ、紅茶をのんでいるところをみかけたことのある場所でもあつた。

「女将さん、林檎に、紅茶。私のは、ミルクも砂糖もいらない。」

夜更で、外に客はなかつた。そばかすのある三十女は、二人の方をみてみないふりであつた。

「ドーナツあるッ？」

君香はここへ寄る度、土産ものを忘れることがないようであつた。彼女は、芸者屋の女あるじを育ての親のようにも思い、何かと気を使うらしく、いわば商売道具として、大事にしてきたに過ぎない、といつてしまえそうな人情にひかされている模様であつた。そんな女には、往来などで、捨て猫をみかけたりすると、そのそばを、平気で通つてしまえないような泣きどころもあつた。

「今、きらしています。」

「じや、シュークリームッ？」

「は、あります。いつも分だけ。」

「うん。」

鼻先をしやくり上げるようにした。小川は、我を忘れた。

「うん、とは何んだ。諸共に憐れと思えだぞ。」

と、そんなにきめつけると、君香は急に、しおしおしてしまい、反対に小川の方が気まり悪いことになつた、で、てれかくしのような、猫撫で声を使い、

「大寒、小寒、それから何んといつたつけ。」

君香は、顔を起し、さぐるように相手の、眼尻の下り加減な、細い小さな眼をのぞいてから、

「山から、小僧が泣いてきた、よ。」

「何んといつて泣いてきた、そうだつたな。」

「え。寒きやあたれ。」

「そうだ。そうだ――。」

○

その年の暮も、実家で雑煮を食うべく、小川は海岸町にきていた。

大晦日の晩方、映画館のある通りをやつてくると、途中からきつた洗髪をうしろで結び、ラクダの肩掛けをし、青つぽい羽織に、棒縞の袷を、のりでつけたように着こなした君香が小間物屋から出てくるので、

「おい。」

と、小川は言葉をかけた。呼び止められた君香は、おしろい気はなくとも、乳色している顔を向け、吊り上り気味の、派手な眼に、いく分驚きの色をつけながら、素人然としたお辞儀だ

つた。子供つぽく、肩を振るようにして、彼は女の方へ寄つて行つた。

「いいものやるぞ。」

と、ぶつきら棒に云つて、トンビのポケットから出した、小さな袋を手渡しした。

「なんなの?」

「みれば解る。」

「おせいぼなのね。」

「うん。さつき帰つたんだ。」

「私も、今日、小川さんのところへ、年賀状を出したの。でも、きちやつたから駄目ね。」

小声で云い云い、君香は梅の花の書いてある小さな袋から、玩具のような扇子を一本ひつぱり出した。その品は、芸者が松の内、帯のうしろへ指すもので、何か彼女への土産をと考えて、ふと思いつき、銀座裏の、塗りたてた女共のたかつている店へはいつて行き、顔をほてらせながら、番頭をわきの方へよんで、十五銭出し、買つてきたものである。小川が、君香へそんなことをするのは始めてで、その年も四五度座敷や、喫茶店で顔を合わせているとはいうものの、依然として二人の間は何事もなく、女の方にしてから、小川宛にものの便りをするなど、今度が皮切りのようであつた。いえば、毒にも薬にもならない、なんでもないような間柄ながら、夜になると、自分を小父さんと呼ぶ女の子の大勢いる喫茶店で、一二時間も、腰が抜けたようにねばつたり、魔窟の胸のむかつくような溝《どぶ》のほとりをうろつきたがつたりするしか思案のないような彼には、君香の面影が、不意に目の前へちらつくことも間々あるようであつた。

「丁度よかつたわ。あすこの店にもあいにくだつたの。今年は、うつかりして、東京から取り寄せるのを忘れてしまつて。」

「そうかい。お役にたつてよかつた。」

「ありがとう。」

「でも、なんだね、正月がきても、そんなものなんか、用のないような体に早くなることだね。」

と、身につまされたようなことをいい出した。君香は、挨拶に困り、細い顔をひねり、前かがみになつた。

「君は、明日は元日だというのに、島田に結わないの。」

「島田は、うちに、置いてあるわ。」

「鬘《かつら》か？」

「そうなの。」

「今夜は、暇なのかね。」

「ええ、いつも遅くなつてから。うちにいても、掛けとりがきたり、そうぞうしくつて仕方ないから、これから映画でも見に行こうかと思つていたの、行かない？」

「活動か。相変らず、よく行くんだね。それよか、どこかで、年越し酒でものもうよ。」

「ええ。」

丁度、脊丈けの同じ位な二人は、熊手を担いで行く者、人ごみに自転車のペタルを踏みかねているもの、結いたての大島田の、髷《まげ》のあたりを薄紙に包んで急ぐ芸者、買いものをかかえた桃割れ娘などで、雑沓している大通りから、細い路地へと曲つて行つた。おでんや、麻雀クラブ、お好み焼屋と低い庇をつなぐ、曲り角の多いところであつた。路がまつすぐになると、通りも明るんで、船板塀の待合などみえてき、どこからか爪弾の音が落ちてきたりした。肩かけで、鼻の頭をおさえるようにしている君香は、時々咳をするし、小川も口数少なく、のんきそうに歩いて行つた。足りるにつけ、足りないにつけ、ごく桁の低いところを浮き沈みしている、独り身の彼には、年の瀬に置いてけぼりされたような気安さもあるらしかつた。

電車通りへ出、まんやというカフェに入つて行つた。六つばかり並んでいる、汽車の三等のそれのようなボックスの、一番奥まつたあたりへかけた。造作のまずい、手に垢切れのみえる女給が、ちようしと落花生を盆の上にのせてき、すぐ向うへ消えた。

油のきれたような安蓄音器が、うらがれたジャズを鳴らし、客は外に一人きりのようである。

「しやれた柄の着物を着てるね。」

「これ、一寸銘仙にはみえないでしよう。どんどん、新しい着物が出来て行くわ。」

「着物みたいに、人間の方は新しくなつて行かないらしいな。着物やなんか、外側のものが変るだけだろう。」

「そうねえ。中味の方は、中々そう行かないらしいわね。でも、私、三四年前は、いい着物を買うと、それが仕立上つてくるの、待遠しいようだつたけど、この頃じや、どんな気に入つたものでも、一度袖を通すと、もう興ざめしちまうようだわ。としとつちやつたのね。」

「まだ、はたち――。」

「うちにいる時は、お化粧もほつたらかしだし、ねころんで、本でも読む位のものだわ。」

「鼓は、ずつと続けているの。」

「ええ、この間、おさらいがあつたの。それまではやつていたけど、それからやる気もなくなつちやつたから、止めてるわ。」

「飽きつぽいたちなんだね。」

「あんなものより、映画をみたり、小説を読んだりして、泣いたり笑つたりする方が面白いわ。」

「短歌は、この頃、つくつていないの。」

「出来ないわ。読むだけは、よく読んでるんだけど。」

女給が、二本目のちようしを持つてきた。そしてすぐ行つてしまつた。

「一寸、手を貸してごらん。手の筋をみてやろう。」

「小川さん、解るの。」

「怪しいもんだがね。」

いくらか、ためらいをみせつつ、骨細の、子供のように小さい手が出た。掌には、三本の線が、薄く走つているだけで、あつけないようであつた。

「あつさりしてるでしよう。あつさりし過ぎているわね。筋だつて、細くつて——。」

と、云いながら、手をひつこめ、

「小川さんのはどう。見せて頂戴。」

体に似合わない、頑固な大きな手が出た。君香は、テーブルに肱をつき、上体を前にのめらせ、彼の指先をとつて、探るような眼つきで、

「これが、頭の線でしよう。あんたのは、三本共、はつきりしていて太いわね。」

「生命線の先きの方がいけないよ。」

「そうでもないわ。こういう風に、深く彫れてる人は情熱家だつて。」

「どうだかな。そうかも知れないな。ハハハ、千丸にあんなに振られていながら、執念深かつたからな。」

顔中、口になるよう笑い方であつた。そんな馬鹿な話は聞えない、というように君香は彼の手を離さず、なおも熱心な眼差しであつた。彼女の方が、ずつとそうした知識を持ち合わせているらしく、ぜんたい、知つていることより知らないことによく気がつき、又それを追求せずには、居られないような気性も、その顔にうかがわれる女であつた。客が這入つてきた。君香は、鋭く、若い背広に一瞥を投げてから、彼の手を静にはなした。

「ほさないか。」

「ええ。」

「冷たくなつちやつたろう。」

「燗ざましもいいものだわね。夜中に、時々のむことがあるけど、お腹にきゆうつと沁み透るようで――。」

「ひと頃のように、商売を投げやりにはしなくなつたの。」

「お座敷は大事にしているわ。二三年前のような売れ方ではなくなつたけど。」

「結構だね。」

「でも、あとの祭じやないかしら。私、この商売、少し永くしすぎたように思うの。」

「だつて、そりあ――。」

「ひとつには、うちがいけなかつたのね。他の妓には、辿もさせないような我儘も大目にみているし、大晦日だというのに、こうして平気で出られるでしよう。おつかさんも、玄人上りだけあつて、私がどんなに腹をたてて突つかかつて行つても、うまくかわして、あべこべに、こつちを丸めこむようにしてしまうでしよう。甘やかされて、居よかつたのが、よし悪しだつたのね。」

「ていのいい、喰いものにされていたんだね。」

と、小川は口に出かかつたが、あぶなく嚙殺した。

「私、だんだん、ずるずるべつたりな女に、なつて行くそうなの……。」

と、肩先を落すようにしながら、

「女だから、そうも出来ないけど、出来れば、ルンペンみたいになつてしまおうと思うこともあるわ。どうせ、二十八九までしか生きられない、と小さい時みて貰つた易者も云つていたし。」

それが又好みでもあるらしい、せりふめいたことを述べ、瞳孔のひらいてしまつたような眼を、まじまじ小川に向けるのであつた。

「ルンペンも苦しいッ——。」

と、云つて、彼は女の視線をはずした。彼もどつちかといえば、絵筆をかかえ、砂漠を歩いているような、その日暮しの明け暮れであつた。己が足許の心許なさに、彼のような者でも気がつき思わずゾッとする場合が、ないでもないらしかつた。

「ま、そんなことは考えず、この人という男をみつけることだね。何んといつても、女は女だろうからね。それに人間の寿命なんて、誰にだつて解りはしない。」

君香の眼もともいくらか持ち直してきた。

「大分、酔つたようだ。」

「お酒、なくなつたわ。」

「活動に行くか、もう一本貰うか。俺はもう少し、こうしていたいんだが。」

「ええ、いいわ。」

「つきあつてくれ。」

新しいちようしがきた。酒に弱い、小川の長い顔は、既にほてり、眼まで赤くなりかけ、そろそろ唄でも出そうな頃合いなのに、今夜は少し風向きが違つていた。君香は、うわ水でものむように、すつと盃をほしたり、かけているのが大儀になつたらしく、ねじのゆるんだような体を、持ち扱い気味に曲げたり伸したりし始めた。

「眉間の上に、蒼いあざみたいなものが出たよ。」

小川は、そんな風に錯覚したのである。

「そう。」

と、君香はそのへんを、肩掛けの端で隠し、心持ち顔を伏せた。

「もうひつこんだろ。」

肩掛けをそつとはなし、

「そう。ほ、ほほ……。」

と、唇を軟かくして笑うのであつた。

軈《やが》て、酒がきれていた。小川が先きに立つて、勘定をし、外へ出た。歩き出してみると、君香のたるんだ上体は、又しやんとなるのであつた。

夜空には、星が刺すように冴えていた。風もなく、だだつぴろい電車通りに、人影もまばらであつた。ハイカラなガソリンスタンドの前を過ぎると、箱根細工、文房具店など、小売店の明るい家が並び、ひとのたてこむ理髪店の前にきて、

「じや、待つていて。じきにくるから。」

「ああ。」

君香は、理髪店の角を曲つて行つた。彼女は、三尺路地の途中にある芸者屋へ、一寸顔を出し、小川が「曙」を一本吸い終らない裡に、男のような大股で引き返してきた。二人は又歩き出した。

君香は、続けざま空咳をした。

「浪子さんだ。外の空気はいけないんだな。」

「大丈夫よ。今夜、湿布して寝ればなおつてしまうわ。」

「酒は加減した方がいいようだね。」

「ええ。なるたけ、出先では潰れないように、気をつけているの。」

「のませていけなかつたね。」

「いいえ。」

と、云つて、間を置いて、

「今夜、小川さんと年越し酒をのんだのも、いつか思い出になつてしまうのねえ——。」

頭から、湯気をたてる、小さなストーヴのある喫茶店は近かつた。

元日の暮方であつた。

○

お座敷もどりらしい芸者が、電車通りを突つきつてきた。歩いて行く小川と、出合い頭になろうとする三、四歩手前で、女は鍵の手にそれた。暗がりに、白く浮く横顔が君香であつた。彼は呼び止めた。女の方は、とつくに気づいていた風である。深紅の蹴出を捌きながら近寄つて、二人はまともに向い合つた。

「お目出度うございます。」

「昨夜は失敬。」

「いい色ね。」

「お年始の帰りだよ。忙しい。」

「帰ると、又どこかへ行くらしいの。」

ひとごとのように云う、君香の口つきにこだわる一方、芸者屋からの電話で、彼女が喫茶店から出て行つたあと、ひとりのこされた、前夜の心なしなとり乱し振りを、云おうか云うまいがとためらつた。が、元日早々と思い止り、小川は脊伸びするような恰好になり、

「ほう。これか。」

「え。」

生え際を、一分ほどすかせて、艶のない大島田がのつていた。

「よく、似合うじやないか。」

二人は、互の眼の中を、おとなしくのぞき合うようであつた。

「ずつと忙しそうか。」

「うちへ帰つてみなければ解らないの。」

君香のものいいに、幾分もつれがみえた。小川は、息を殺したように、顔を顰《しか》めて、君香から離れて行き、振り返ると、女の背中には、彼の買つてきた、銀色の小さな扇子がさしてあつた。

○

その後、九ケ月振り、二人は待合で顔を合わせた。月のいい晩で、そこを出てからも、別れにくく、古風な鐘楼の下を通り、濠端の方へ出て行つた。濠に架けられた木の橋を渡つた。小川は白地のゆかた、君香は青つぽいひとえに、油絵具でかいた帯をして、足を運ぶ度毎、やせた体と不釣り合いに大きい腰のあたり、小刻みに揺れるようであつた。

橋を渡り、昔の二の丸のあとへ設けられた、宮殿風の屋根のある小学校の前へ出た。そこから、桜並木の遊歩路について曲り、大地震後新らしくされた、すみやぐらの傍を通り、天守の跡へ行く路と反対に、朱塗の太鼓橋を渡つた。前は、小松のところどころに立つ広場で、広場の右手には黄金色の翼をした鳥、孔雀等のいる鳥小舎、左手の土手に寄つた方に、猿、カンガルーの檻、樹影には、ブランコ、遊動円木《ゆうどうえんぼく》、滑り台があり、既に十時過の、人ッ子一人みえず、月光だけがしみとおり、地面に絣のような影を織り出していた。

「鈴虫がないてるわ。」

君香は小声で云つた。

「ないてるね。」

虫にまじつて、かすかながら、波の音もしてくるようであつた。

小さな図書館のある裏手から、土堤の切れ目を降りた。

「私、あすこを歩いてきたい。」

と、そう云つて、君香は、土堤に並ぶ松の枝ぶりが黒々と地にかげつているあたりへ、うつむき加減で近ずいて行き、そこをひと廻りし、引き帰してきた。

小川達が、通つたことのある小学校の、運動場について、セメント畳みの広い道を歩いて行つた。

「君、鼓はどうしたね。」

「ええ。あれだけは、不思議に永続きしているわ。つまんない時、たたいてみるの。鼓は、ひとりでも愉しめるし、やつている間、気が紛れるわ。」

「ひとつ、鼓でも贈りたいね。三十円位するのかね。」

「三十円でも、ないことはないけど、お稽古用ね。新しくても、古くとも、百円からのでない

と、ならないというわ。」

「そんなにするのかね。じゃあ、俺なんかには駄目だな。」

挿絵の収入が、月三十円きれる時もあるような小川であつた。目あての、油絵にしてから、一向芽が出ず、いまもつて、煙草銭にもこと欠くことが、時々ないでもないような暮し向きであつた。だいたい、あまり慾のない怠け者で、ちびた、影の薄い絵筆を、後生大事に捨てかねて居、それしか、自分に恰好な生きる路はないとも承知している。いわば当人の好き勝手、どうなろうと、はたからとやかく云うものはないにしても、年に二、三度、よごれものまでかかえこみ、ただめしを半月ひと月食いにくる小川に、ほとほと手を焼く親はまだ揃つていた。

大手門のあとを過ぎ、街筋になるあたり、二階家、平家はもう戸をしめ、電車通りを越え、街燈もない、ひつそりした、狭い通りへかかつた。鼻につく蚊やりの匂いもしてきた。古風な、小さな山門のある寺と、花崗岩の門柱をたてる寺とが、向いあつている前を過ぎて、間もなく、大小さまざまの松の並ぶ土手に突き当つた。ここらは、徳川の末、外国の軍艦にそなえた台場のあとで、木をきつて建てた、旅館や別荘も、木の間がくれに並んでいた。小川は、そこで立小便を試みた。すると、君香は、かまわず向うへ歩いて行つた。その足幅を横目で数えながら、彼女との距りを明かにし、痛いような顔つきにもなるようであつた。

片側は松並木、片側は墓地、中の細い路は、下駄の歯のさくさくとおる、砂地であつた。波の音も近くなつていた。

「今年から、分けになつたそうだが、それより、これと云うような話はみつからないの。」

小川は自分のことは棚に上げた、例のおせつかいをやりかけたが、前々とは様子が多少違う、何かふつきれていないようなもの云いであつた。

「ええ。」

君香に、立ち入つたことは迷惑、といつた調子もないではなかつた。

「お妾の口から、前からだつて沢山あつたわ。今でも、女中に、助太刀させて、ひつつこく云うひとがあるの。でも、千円位出して貰つて、好きでもなんでもない、そんな人にかこわれたつて、つまらないでしょう。」

「うん。」

「私、虚栄心もない方じやなし、自分に甘える、相当我儘な女なのね。でも、どうしようもないわ。先へ行つて、どうというあても別にないんだけど。」

「うん。」

「思い詰めた日には、いても立つてもいられなくなるんだけど、なるべく、この頃は気にかけないようにしているの。どうせ、なるようにしきやあ、なりやしない、という風に、のんきに仕向けているの。それに、第一、貰つてくれてがあつたつて、家庭の女として、うまくやつて行ける自信も、怪しくなつているようだわ。迚も、いいママにも、はいはいと云つて、夫を大事にする世話女房にも、なれそうになくなつたと思えるわ。十五の春から、二十一まで、七年でしょう。この商売を、私、永くしすぎてしまつたようね。よく、体がもつている、と思える位だわ。」

「七年間もね――。でも、下手に踏み違えたら、もとも子もなくなつてしまうじゃないか。」

「そうかしら。こんなにしていたのでは、いつになつたら、芸者を止められるか、全くのお先まつ暗なんだけど――。」

「それが、ちゃんと解つているのだから。――四十面下げて、まつ白く塗りたくつて、いまだにお座敷づとめをしている女もあるようだけど。」

「ええ、でもいいのよ。どうせ私なんか、そんなに長生き出来る女とも思われないし――。」

そうした話、止めにして、と手を振りたいような面持ちであつた。小川にすれば、この女、やはり、水臭い、シラを切ろうとしている、とすき間風のようなものが身にしみるらしかつた。

彼は、君香が、今年になつてから、ある男と普通な仲ではなくなつている、という評判を小耳に入れていた。先は、映画監督で、今売り出しの人気者でもあつた。としは、小川と同じ、三十をなかば過ぎた、独身で、いろいろ血の気も多く、大の映画ファンでもある君香が、折も折とて、歌舞伎の花形役者に眩惑された、芸者の足並みを今にしたように、人気商売の男へなど迷いこんだとしても、別段不思議はないわけであつた。しかし、前の眼鏡をかけた青年と異り、チョビ髭生やし、酒のみで、がかいも大きく、どこへでも云いなりについてきたような相手とも違い、今度は君香の方が、その役わりを余儀なくされる番になつて、そうなりきるには、ひと前で手放しに泣いたことのない女の、しんにあるこちんとしたものが邪魔であり、いくら場数を重ねてみても、要領を得ない、遊び半分の情人としてより、重くも高くも扱おうとしない、いい加減な先方のあしらい振りも、彼女には不満だつたし、不安でもあつた。といつて、始めから、まともなものではないものに、水を向けたのはこつち故、すつぱり見切りをつけ、自由になることも出来かねて、あうほどただれささくれてゆき、一緒の時だけが花とも眼をつぶり、先々の見透しもきかず、帳尻をあわせたくとも、あわせようのない仕儀であつた。そんなところへ、ひよつくり、顔を出した小川には、青年との場合をみなまで云わず、又その必要もないとしていたように、今度の成ゆきも自分ひとりの胸に畳んで、彼を知らぬが仏とし、今年の暮も亦《また》小さな扇子を買つてきてくれ、自分は絽刺《ろざし》の銭入れをつくつて置くから、などとらちもない約束させたりしている。嘗ての日、小川が、惚れた芸者のこない間に、つなぎとして、君香をかけた寸法に似た、ツマの如きものに仕立てようとするかのような女の手口であつた。

二人は砂浜へ出た。満月の海が、広々と横たわり、半島の先の方は、銀白色の幕の中へ吸いこまれるように消えていた。波打際には、光る虫がキラキラしていた。

プールの柵の傍を通り抜け、色の褪《さ》めたぼんぼりのおつ立つ間を分け、波の滑つてくる近くに、並んで腰を下ろした。秋とはいえ、まだ九月なかばの、顔を撫でてゆく風に、昼間の暑さがのこるようであつた。

小川は、あお向けに、長くなつた。

「こうしていると、いい気持だよ。」

誘われ、君香も裾の方に気をくばりながら、注射でもたせているような体を横にし、洋髪にしてある頭へ、右手をあてがい、肱《ひじ》を立てた。

二人は、暫く、だまつていた。しぶきの先が、頬へかかつてきたりした。

「この頃、オジちゃん（映画監督がその社会に於ける愛称）こないの？」

さり気ないような小川であつた。

「なんだつて、そんなことをきくの？」

虚をつかれ、ぎくりとして、君香は眼角を光らせた。狭い町のこととて、へんな浮名は、小川の耳へも、とつくにはいつている筈と知れても、落ちつけないものが、胸先きに集まるようであつた。又、事実、仕事が忙しい、上るまではこない、と云い置き、監督はこのところ、もうひと月以上姿をみせていなかつた。平生から、写真以外のことは、ゆつくりかまつて居られぬ、というエゴイストでもあつた。

「頭をじかに、砂の上へ載せてごらん。すつとするよ。」

小声ではあるが、強いるような言葉である。

「砂がはいるからいけないわ。」

と、君香が呟くように云うより早く、小川の手がのび、節くれだつた指が、静脈のすきとおつてみえる、女の手首の下あたりを、ぐいと摑みにかかつた。それをきつかけに、しようとする男のしぐさを、商売柄でもあり、目ざとく読んだ君香は、

「何をするのッ。」

と、叫びざま、いきなりその場に突つ立ち上つた。そして、さつさと歩き出した。

出鼻を、他愛もなく、へし折られた小川は、いわれのない気持にこんがらかつた顔を、泣き出しそうにしながら、足許も覚束なく、女のあとを追うのであつた。

そんな彼が、追いついても、彼女は避けるふうでもなかつた。小川は、下ばかり、みいみい歩いた。光る砂の上を、二つの一寸法師みたいな影が、くつきりと動いて行く。

「おい、君ちやん。これをみていてくれ。俺が死んだら、この影法師を思い出してくれ。」

いきなり、そんな芝居もどきの愁嘆である。君香は、思わず、身ぶるいし、横ッ飛び、三四歩ばかり飛びすさり、立ちどまつたが、動悸は仲々止まないようであつた。やがて、上体を前にのめらせ、しつぽを垂れた犬のようにやつてくる小川の、月光をあびたまつさおな顔を、君香は肩口縮め、のぞきこんでから、

「あんな、哀しい、心細いことはないでしよ。」

と、鼻の詰つたような声である。

「ね。もう、あと十三四年は生きていましようよ。小川さんは、五十まで、私は三十五まで

――。」

しまいの方は、無意識にとび出した言葉の暗示にかかつたような、絶望的な口調であつた。きく小川も、感にたえたように、しおしおうなずくのみであつた。

並んで歩き始めた。

「砂浜は疲れるわね。」

「アア。」

「帰りましよう。」

程なく、防波堤にかかる、セメントの橋を上つた。上りきつたところで、ひと息つき、君香は遠くへ眼をやつた。

「袖ケ浜のあかりがみえるわ。」

その方角にも、ぼんぼりがひとかたまり、粟粒のように並んでいた。小川が、帰省する度、寝起きしている物置小舎も、その浜の近くにある見当であつた。

寝しずまつた漁師街を、童謡の文句のように、二人は手をつないで、通り抜けた。


――二十四年四月――

# 山茶花

新聞の、雑誌広告に、川上竹六さんの名前が、ちよいちよい出るようですが、その度に痛痒《いたがゆ》い思いがしないでもありません。

竹六さんを知つたのは、今から十三四年前、丁度日華事変が始まる間際でした。当時、神田の看護婦会に籍を置いていた私は、会から派出され、本郷菊坂の下宿屋富士見館に、ふた月ほど居りました。患者は、そこの家の祖母で、七十歳に近く、老病といつていいような症状で、別に苦痛を訴えることもなく、看護婦としては、気も置けなければ、手数もかからない、至極のんきな役割でした。

富士見館は、明治時代も、相当古く出来た建物らしく、一寸大きな地震でもくれば、ぺちやんこになつてしまいそうな、柱も傾きかけているのがあり、天井も煤《すす》けて、部屋の採光などもよくいつていない下宿屋で、その頃矢継早に出来ていた、文化アパートといつた新式の下宿屋に客をとられ、それでも間数は十以上あるのに、下宿人はたつた三四人のようでした。主人は、毎朝、鞄を下げ、背広姿で出かけていました。何んでも、株式取引所へ勤めているとかで、寝たきりの老婆に、主婦、子供は二人きりの、ひつそりした家族でした。暮し向きの内実は、そんなに苦しいというのでもないふうでした。

竹六さんは、二階の、北向きの、細長い三畳に居りました。部屋には、窓際に、やつと膝を入れられる位の、小さなニス塗りの机、掛軸も置物もない三尺の床の間に、小説本や文庫本がひとかわ並び、そのうしろに、文芸雑誌などが、ほこりッぽく重なつて居ました。食事の方は、外でなさつているらしく、そのせいか、部屋にいる時より、いない時の方がずつと多く、夜分も留守がちでした。その人品、頭髪を油気なしにぼさぼさのばし、髭なども滅多剃るふうでなく、栄養不足をいうような血色の悪い、やせこけた、額ばかり大きい長めの顔、細い眼が中々神経質そうで、なりも小柄の、一見して普通の勤人でも商店員でもない、いつそルンペンといつた向きで、秋も追い追い、朝晩の冷えが身に沁みる時期でしたが、いつも襟垢のついた、洗い晒しの久留米絣の着物に羽織、黒い人絹の三尺をぐるぐる巻きにして、雨下駄にしてから、歯のなくなつたのを、ずるずるひきずつて出て行く有様でした。としの頃も、はや三十歳より四十歳に近いらしく、眉と眉の間には深い縦皺がより、どことなくはえない、暗つぽい影のさす人ていで、下宿の人とも口を殆んどきかず、私などと廊下で鉢合せになつても、ぷいとその傍を通り過ぎて行つてしまうような、あぶれて世を拗《す》ね、怖れているみたいな、近寄りにくい、さばけない、みすぼらしい感じでした。

私が、若しも、小説を読んだり、短歌を書いたりしてみることもある、文学少女のはしくれでなかつたら、おそらく私と雖《いえど》も、挨拶ひとつかわすことなく、竹六さんを路傍の人として見送つてしまつたことでしよう。ところが、蔵書（？）から推し、その人ていから察して、兎に も角にも、文学にかかわりのあるひととしてうつる竹六さんには、故知らず惹きつけられてゆくようでした。竹六さんの留守、そのほこりッぽく、男臭い部屋へ忍びこみ、押入れから、竹六さんがそうして積み重ねて置く、シャツ、サルマタそんなよごれたものをひつぱり出し、洗濯してみるようなことを始めました。乾いたものを、畳んで、きれいに押入れにしまつて、私が知らん振りなんかしていると、看護婦の仕業と察した竹六さんは、出合い頭にひとこと「どうもありがとう。」とそう云うだけで、顔を歪めも弛《ゆる》めもしない様子でした。しかし、横柄と云えば横柄な、そんな先方のお礼の仕方に、私はかえつてうれしさがこみ上げてくるようで、思わず口もとがほころびるのでした、一度が二度になり、一週間にいつぺんは、必ず竹六さんの押入れの中へ首を突つこむような癖がついてゆきました。そんなにする私を、竹六さんも口には出さないにしろ、徳としているようでしたし、下宿の主婦などに、余分な仕事をしているところをみつけられ、顔を赤らめるようなことがあつても、私は内心得意の面持ちでした。

昔は小説や歌の好きな女は、大抵不器量とされていましたが、私もその例に洩れないものでした。としは二十二、もの心ついてこの方、病気をしたことのない、至つて健康な女ですが、われながら、これがわが顔かと、つい生んでくれた親を呪いたくなる時もないではないようなる面相でした。髪の毛は赤く薄く、円い顔は、額が詰まり、眼は小さく、低い鼻は幾分獅子ッ鼻で、口はしまりなく大きく、歯並びは申し分ないとしても、可成りそッ歯で、口を結ぶと前歯の先きのところが外へ出てしまい浅黒いというより赤黒いと云うべき、きめの荒い、カサカサした皮膚は、おしろいののりが悪く、白い部分とそうでない部分とまだらになりがちで、かて因果なことには、十七八から私をなやましつづけたニキビが、いくら手をかけても、いまだに顔や何かにぶつぶつ出たがり、まずい顔だちを、余計醜くみせるのでした。胴長のずんぐりで、四肢は短かく、足だけがいやに大きく、脂肪ぶとりの方で猪首の、身長は五尺あるかなしという少女です。さしづめ山だしのおさんどんとみなすべき私のつたない顔形、親を恨んでも始まりませんが、千葉の在の小百姓の娘として、生れ育つた素性が、私の場合、あまりにも丸出しのようでありました。

こんな器量では、迚も普通のひとのところへは嫁げない、という悲しい自覚が、としと共にい、しこりのようにかたまつてゆきました。一人や二人先妻の子のあるひとでないと、自分のような女を貰つてくれはしないだろう、という卑下した、うしろめいた気持も、段々嵩《こう》じる一方でした。そんな、望みのない、味気ないような結婚を強いてしてみるより、いつそ白衣を着通しで、一生独身で終ろうとも、たまには思い詰めますが、そうさつぱりと諦めきるには、若い身空が邪魔のようでした。竹六さんの、洗濯を頼まれもしないのに、してみたりするのも、ひとつにはやるせないかつえからだつたでしょう。影のうすい、不遇な、中年の文学者と、醜い文学少女の看護婦、これは良縁というものではないかしら、と心ひそかに愚かな皮算用する時も間々ないではないようでした。

とは云え、当の竹六さんが、外泊することは先ずないにしても、三畳で本を読んだり、原稿用紙にしがみついたりしている様子が殆んどない、まるで外をほうツき歩くのが商売のような日常は、不安でもあり、頼りないようでもありました。まさか、図書館通いをして、何かの調べものをしたり、又は小説なんかそこで書いてくるふうにも見受けられません。竹六さんに、婦人の訪問客などたえて現われず、桃色の封筒も見舞わなくとも、外で、どんな女とあつているのか、見当つきかねるように、その収入の多寡、はつきり云いますと、どうして暮しをたてているのか、それさえ得心がゆきにくいような気色でした。が、ある時、一人きりの女中さんの代り、私が玄関にいつてみますと、竹六さん同様、頭髪をぼさぼさにした、年の頃も同じいと覚しいひとが、竹六さんを尋ねてき、不在を申し上げますと、くれぐれもよろしくとあり、名刺を置いて行きました。出来たての名刺には、芥川賞をもらつたばかりの△△さんの名がうたつてありました。竹六さんが、帰つてきたところを廊下でつかまえ、名刺を手渡し、小躍りするようなもの腰で、しかじかを云い伝えました。ところが、竹六さんは、顔色ひとつかえず、いつものでんの、口のうちでぶつぶつ云うような言葉遣いで、何か云つたきり、にべもなく体の向きを換えました。その仕打ちが、私には解せませんでしたが、竹六さんは貧乏で、日蔭のとうもろこしのように、一向パッとしないようだけれど、きつとエライ文学者に違いない。なぜと云つて、△△さんのような人が出向いてきて、ていねいなことづけまでして行つたではないか――。

竹六さんに対する、私の信頼感はとみに上昇して、前よりせつせと、その洗濯ものなど引き受け、当時花のようだつた、入江たか子さんのプロマイドを白い額縁に入れ、小さな机の上を飾つたり、病人が少康を得、下宿屋から下る時など、原稿用紙二百枚ばかり買つてき、竹六さんの留守、部屋へもつて行つたりしました。それにそえて、神田の『会』のところ番地や別れの言葉をこまごましたためた手紙も一緒に――。

私が居なくなつて、半年ばかりすると、竹六さんも、生れ故郷の小田原へ、旗を巻いて、帰つてしまう成行きになりました。

○

翌年の夏、始めて私は、小田原に竹六さんを訪ねました。私にすれば、一張羅のお召のひとえを着、円い小さなたて鏡、朱色の小振りなみだれ籠などをお土産に、二十三歳の処女らしく、飛び立つような思いでした。竹六さんの手紙には、細かい地図が書いてありましたので、お住居をみつけるに、さほどの手間もかかりませんでした。海を見渡す、防波堤近くの物置小舎の、中二階みたいなところに、皮のすりむけた畳が二畳、富士見館でみたニス塗りの机の代りに、膝頭がはいるように、そこのところだけ板を外したビール箱、南に向いて、トタンの観音びらきのようなものが出来て居ました。私、一人だつたら、何んだか蛇でも出てきそうな場所で、一足も中へは足を入れられなかつたことでしよう。

お茶も出せないような住居で、竹六さんは筒ッぽのゆかたに、三尺をぐるぐる巻きにしたなりで、私を外へひつぱり出し、海水浴場の、よしずばりの氷屋へつれて行き、冷いものをのませ、あちこち城址や何かを案内してくれました。その日の夕方、竹六さんに、停車場まで送られ、私は東京行の汽車に乗りましたが、満ちたような、足りないような、もどかしいうつろな心で、神田の看護婦会まで帰つてきました。

二度目には、錦紗の羽織に、裾模様という盛装の、まるで見合い用の写真のようなものを携え、秋風のたちそめた日に、小田原へ行きました。手紙では、私のおとずれを、待ちこがれているふうなことを書いてよこす竹六さんですし、又私の来訪をみて、いやな顔などおくびにも出さず、待つてましたというように迎えてくれます。ところが、二人が並んで、海岸を歩いたり、食堂でちらし丼など並べている間に、竹六さんの顔色から、だんだん弾みのようなものをなくして行くのが、ありあり解るのでした。初手から私という女、男の見栄を満足させるような美人でないこと、百も承知です。それにしても、赤ン坊が外に気にいつた玩具がないから仕方ない、こんなつまらない人形でもいい、間に合わせて置こうと云つたふうな寸法で、私を相手にしているような恰好は、ぶおんなのひがみ心も手伝つて、余計私をせつながらせるようでした。私のつもりでは、婚約者同士のおつき合いでありたかつたのです。そんなあては、二度行つてみて、私の馬鹿なひとり合点だつた、と思い知らされたようでした。竹六さんは、私の話がそこへ触れそうになると、早速話題を外の方へもつて行つてしまい、こつちの申し出を、うやむやに葬り去ることに懸命になるのでした。と云つて、そこを突つこみ、あいまいなところへクサビを打ちこみ、はつきりした竹六さんの意思をたしかめてみる勇気もなく、それを敢えてしたら、立ち所に目の前のものが滅茶苦茶にこわれてしまいそうでなりません、はがゆい、じれつたいような、竹六さんの不得要領な足にひつぱられ、その日も近くの有名なお寺など見物し、暗くなつてから汽車に乗り、ひとり東京へ帰りました。

三度目は、秋も大分深くなつた、十一月の始めでした。逢つている時とは裏腹の、例によつて私の訪問を待ちかねているというような竹六さんの手紙をみると、派出の合い間、一日でも体があくと、電報を打ち、小田原へ行かずには居られなくなつてしまいます。一時しのぎの、玩具みたいに扱われるのは、何としても心外であり、私の気持からすれば、一種のダラクでもありますし、それ位にしか値しない女なのかと、つくづくわが身が不憫にもなるのですが、心と体とは別物の如く、『会』をあたふた飛び出し、その日は千疋屋から水菓子のはいつた箱、虎屋から羊羹《ようかん》を買つたりした勢いで、熱海行の列車に乗りこみました。秋晴れの、からッと晴れ上つた、上天気の午前でした。上天気と云えば、小田原へ行く日は、きまつていい天気で、天候には恵まれていたもののようでした。

駅弁四箇、風呂敷に包んだのを下げ、竹六さんは、改札口のところで、待つていました。国防服の上着に、お尻のところへツギを当て自分で覚束ない針を運んだと覚しいズボン、素足に下駄穿きといつたいでたちでした。私が、富士見館で想像していた以上に、竹六さんは、自分一人の口はどうにか塞がる程度の収入を、書くもので得ているらしいのでした。煙草は、きまつてバット、小田原へきてからも、酒は滅多にのまないようで、貧乏なことは貧乏なのですが、二人でのみ食いした場合、大抵竹六さんが自分から勘定するふうでした。それは、私に対する見栄というより、そんな律儀な几帳面なところのある肌合いだつたのでしょう。その点、間違いのない人と思えば、いよいよ私を、間に合わせの玩具扱いにする根性骨が、心憎く恨めしくもなるのでしたが——。

仕立て下ろしの銘仙の羽織着物、赤い長襦袢の裾をちらつかせ、ニキビをおしろいで隠した私が、そッ歯の口もとをいつぱいに拡げてみせると、竹六さんは相も変らず、糸のような目を一層細くし、うらなりのようにやせこけた顔の相好を崩して、よくきてくれたといわんばかり、片手まで上げて出迎えるのでした。その正直そうに、喜んでいる姿をみると、私の胸も、一度に晴ればれとなつてしまい、あとや先の屈託など、跡形なくケシ飛ぶようでした。

「今日は、天気もいいから、箱根の紅葉をみに行こう。」

「え。お供させて頂きます。」

「ここに、弁当を二人分、ちゃんと買つてきてあるんだ。」

と、云つて、黒い風呂敷包みを、高々と私の鼻の先まで待ち上げてみせるのでした。

「そんなに沢山。——私もお羊羹に水菓子をもつてまいりました。」

「そりあ誂《あつら》え向きだ。」

と、云いさし、私をそこで待たせ、怒り気味の肩を振り振り、子供が遠足にでも行く時のような浮き浮きした足どりで、竹六さんは自分で山の電車の切符を買いに行くのでした。そのうしろ姿をみている裡、ふッと私の眼頭は熱くなつてきました。夜という夜は、あの波の音と、食べるものを探す鼠の音だけきいて、ひとり物置小舎の隅に眠る竹六さんの孤独が手にとるようにうつつてき、わが身のことなど、どうなろうとかまつていられないような気持にまでさそいこまれるのでした。

電車は、山にかかり、いくつものトンネルをくぐり、くぐる度に、あたりの紅葉黄葉は、手につくように色濃くなりました。終点の強羅《ごうら》で降り、それから小さなケーブルカーに乗り換え、急傾斜の山肌を、ゆるゆる登りました。頂上から染まつている山の中腹で車を降り、大勢の人達にまじつて、二人は広い自動車道路を歩き出しました。男の方が女よりいくらか背の高い、身長だけは似合いのふたりとみられたことでしょう。

前も山、向うも山、山々は紅葉と常盤木の緑に装おわれ、青天井の下にのびのびと横たわり、聳《そび》えたつて居りました。

「富士がみえてきたよ。」

と、竹六さんは路のまん中に立ち止りました。

「ホラ、あすこにね。」

と、指さす方角には、山波のうねるその肩先へ、一寸白い顔を出した富士山が光つて居ました。

「あの下が、長尾峠の山つづきだ。その手前の全山まつかになつている丸い山ね、あれが小塚山と云つて、箱根では一番紅葉のいい山なんだ。」

と、あれは明神《みようじん》ケ岳、こつちは明星《みようじよう》ケ岳、といろいろ山の名を教えてくれます。私もまずい短歌なんか書くだけあつて、山々のただずまいを、決してただの背景のようには思いませんでした。しかし、先年日光の紅葉をみている眼には、箱根のそれはまとまりのないもののようにも思いなされました。それを云つてみますと、

「そうかな、日光のはそんなに見事かな。」

「ええ、どの山も、みんな燃えるようでした。」

「一度、行つてみたいな。」

「ええ。是非。私もお供させて頂きますわ。」

広い道路から、岩角のでこぼこしている、急な狭い近路にかかりました。私が、大袈裟に、ころびかかると、竹六さんは私の手をひいてくれ、そのまま歩きにくいところを、よちよち登つて行きました。三十分ばかりして竹六さんは路端のすすきを分け、中へ私を連れこみました。すすきがきれると、平な芝生が僅かばかりあり、白や紫の花をつけた小草がいつぱい咲いて居りました。

「ここはいい。腹がすいてきたから、弁当をやろう。」

「そう致しましょう。」

私の敷いたハンカチの上へ、竹六さんはどつかり腰をおろし、下駄穿きの脚をのばしました。そのひとの肩へすり寄るように、私ははきものをぬぎ、傍に揃えてから坐つてみました。二人は、言葉少なに、弁当の箸を動かしました。まわりは、すすきに灌木《かんぼく》で、時々啼く鳥のけはいがするだけの、本当に山の奥にでもいるかのような静けさでした。

甘いもの好きな竹六さんには、虎屋の羊羹が口に合うようでした。そのあと、小さなナイフで柿をむき、その手に持たせたりしました。食べ終ると、急に竹六さんの左腕がのび、私の猪首に巻きついてくるのでした。かつて経験のないことでしたが、おしろいも色がかわつたかと思われる位、顔をほてらせたなり、竹六さんのなすがままになつていました、しまいに、竹六さんの頬や口のはたへついた紅のあとを、一々丹念に吸いとつたりしました。

芝生を出、又すすきを分け、岩角の多い路を、竹六さんに手をひかれ、登り始めました。ふたりを追いこす若者の連中が、露骨な言葉を浴せても、私にはさのみいやには思えません。程なく、目ざす大地獄というところへきました。

山の皮がむけ、生々しい地肌が赤々露出している斜面の、ところどころには、白い煙を吹いて居る穴があり、あたり一帯、硫黄の臭気がむせ返るようでした。

登りきり、湖の向う側の山の上へ、胴中までみせた富士山を眺めたりして、行きとは別の、広い自動車道路をくだりました。落葉樹のしたたるような紅色、路端の小さな木々の黄葉、竹六さんは目をくりくりさせ、眺めながら歩いて行きます。その路をくだること凡そ一時間、又ケーブルカーの終点駅である、緑色のペンキを塗つた小さな建物の前へ出ました。

今度は、車に乗らず、ケーブルについて、急勾配の路を降りて行きました。藁屋根や赤い屋根の別荘が、ごみごみ建てこんでいるところで、それぞれの庭には、熔岩が苔のついた庭石のような趣きをみせて居ました。ひと息吹いた風に、木の葉がパラパラ散つたりしました。既に、大陸の戦争は拡がつて居りますのに、山の中はまるで別天地であるかのようでした。

まつすぐ、別荘の間を通つている平な通りにかかり、そこをゆつくり歩いて行つて、ものの五分ばかりしてから、竹六さんは半分腐つて、藁屋根に枯れ草の生えている門の前に立ちどまりました。中をのぞくと、庭石の外は、何も残つていない、ぼうぼうとした芝生でした。芝草も、枯れて乾いて、その上へ坐るに申し分ありません。隅の方へ、ふたりは並んで、腰をおろしました。芝生のまわりは、人目を避けるにふさわしい木立に囲まれて居り、こんなところへ連れ込んだ竹六さんの下心が、自然とみえてもくるようでした。と云つて、別段私の顔色も変らないどころか、こんな場所をさつきから、自分でも心のどこかで探して居たかのようでした。

竹六さんは、塗りなおした、私の紅の唇を求め、ふたりは暫く抱き合つたままでした。手を離すと、竹六さんは、私に横になるように、眼顔で云うのでした。すぐ、そのことと気がつき、胴ぶるいのようなものがかすかながら起りましたが、私の顔を見据える竹六さんの眼の色は、到底抵抗の余地がないようでした。

私は、口もとをひきつらせながら、芝生へ仰お向けに、横たわりました。そして、眼をつぶり、たもとで顔を隠し、全身を死体のように硬直させました。その様子を、じっとうかがっている竹六さんは、やがて、私の着物の裾をめくり長襦袢をかたよせるようでした。それから、太もものあたりへ、お尻をぴつたりくつつけ、馬乗りという恰好になり、しきりに何かを急ぐような荒々しい息づかいでしたが、途中で手古摺《てこず》ってしまつたのか、何を気おくれしたものか、そのことなくして傍へどいてしまいました。

私も、裾をなおし、帯をしめ換え、頭髪についた草などとり始めました。そんな仕草をしながら、竹六さんをみるともなしにみて居ました。その眼は、いつぺんにとしとつた如く、しよぼつき、顔色もありません。体に似ない、大きな節くれだつた手に煙草をはさみ、気が抜けたように喫つたりして居ます。私も、血の気のひいたような身柄を、竹六さんの近くに持つて行きました。

「ま、君の為めには、かえつてよかつた。処女だ、といつてお嫁にゆける。」

と、竹六さんは、ひとりごとのようなもの言いでした。これを、半分うわの空でききき、心の底では『よかつた』と、目が覚めたように、ホッとしたものもあるらしく、私は思わず、頷いてみせました。

富士見館から、二年ごしになる、おつき合いの結論が出たもののようでした。竹六さんと添わず、『処女』として外のひとのところへお嫁に行けるのが「よかつた」ことになつたのでした。たしかに、それはそうでしたでしよう。醜い容貌に出来上つている上に、一緒になるつもりでもないひとへ、処女までも提供してしまつたんでは、あまりにわが身が哀れであり、また、キズのついたすたれものじみてもしまうでしよう。先ず「よかつた」のに違いありませんが、山をくだる電車の中では、私急に吐気を催し、胸苦しくなり、いろいろ介抱してくれる竹六さんの手へ必死に縋《すが》りつき、どうにか小田原まで辿り着けたような仕儀でありました。

○

あんなに云つて、私と結婚する気はないものと、自分で声明して置きながら、ひと月小田原へ行かないでいれば、私の来訪を切に待つて寄越すのでした。竹六さんは、お馬鹿さんなんだわ、と私も思つたりしました。ですが、先に水を向けたのはこつち、ほだされて、子供をあやしに行くような、背のびした姿勢にもなり、それとなく今度こそ最後のお別れをしてこようと、小田原行の汽車に乗りました。そのとしも、あと十日余りという押し詰つた頃で、やはり天気だけは、上々の快晴でした。

土産ものは何も持たず、手ぶらで改札口を出ますと、竹六さんが立つて居、私をみつけると、例の如く罪のない笑い顔になるのでした。それをうけて、私も大口あけたいところですが、顔の筋が妙に硬ばつたようで、思うようにほころびません。胸に一もつある身が、なぜか悲しいようでもありました。

「今日は、ひとつ真鶴から熱海の方へ行つてみようよ。」

「私、いつかのふくさを頂いていきたいんですけど。」

薄紫の錦紗のふくさは、私に大事な品で、前見合い用みたいな写真を包んで、小舎へ持つて行つたきりになつているのでした。

「この次ぎにすればいいじやないか。今日は、すぐ汽車に乗つて出かけよう。」

「ええ。そうしましよう。」

芋の煮えたのをご存じない竹六さんの、そんなに云う口車に、こばみ得ず、私は乗つてしまいました。竹六さんとしては、私のようなものでも、恋人の代用品と見做《みな》し、男の色気、独り暮しのつれづれを慰める足しにはなるのでしよう。すきつ腹にまずいものなし、という譬《たとえ》もあります。ひと月にいつぺん位あつて、山や海岸を歩いたりして、ランデブーのまねをしている分には、さして腹も痛まないわけでしようが、先々のあてのない、気紛れみたいなおつき合いは、私の性分としてもう沢山でした。意味ない浪費としか思われません。と云うより、何か底なしの沼へでも、ずるずるとひきずり込まれでもするような恐しささえ覚えるのでした。私のような、結婚既女の人生、と思い詰めている旧式な二十三歳の女では、どう考えても、竹六さんから離れるしか、道らしい道はないものと思えるのでした。

真鶴の小さな駅に降りました。駅前の通りの外れに、『産婆』と看板出した、トタン屋根の平家があり、竹六さんの眼にとまつたようでした。

「君が、産婆をやり、俺が小説なんか書いてやつて行けないこともないわけだね。」

と、私の気をひくようなことを云い出しましたが、私は素気《そつけ》なく生返事だけしました。いつたん、竹六さんに、実意のないことを見抜いてしまつた今となつては、出し遅れの証文より利き目のない文句でした。

入江に浮ぶ帆柱、発動機船、段々畑のように並ぶ港の家々を見下ろす、丘の路をぶらぶら歩いて行き、左手にも、右手にも、青い海原を見渡すところを過ぎ、路が松山にかかろうとする手前の蜜柑畑へ、竹六さんは私を見張番にし、忍びこんで、木にのぼり黄金色の実を十ばかりもいできたりしました。

それを、食べながら、竹六さんはフラフラと歩いて行きます。その恰好は、富士見館での第一印象そつくりの、宿なしルンペンと云つた感じで、つくづくこの人というものがみすぼらしい人間にうつつてかないません。早く、汽車へ乗つて東京に帰つてしまいたいように、ジレジレしてもくるのでした。

海ぞいの路を吉浜までゆき、そこから切株ばかりになつた田圃《たんぼ》を突ッ切り、湯ケ原の駅に出ました。こつちに、気がないのに、強引に竹六さんは熱海へ行こうといつてきかず、とうとう下りの列車に乗つてしまいました。

熱海では、××旅館のローマ風呂というのにはいりました。入浴だけ、安く出来る仕組みで、直径六七間はありそうな、円い湯槽には、沢山の男女が混浴して居りました。竹六さんは、湯の中で、抜き手をきつて泳いだりしましたが、私はぽつねんと、黒い体を湯槽《ゆぶね》のふちにのせる時が多かつたようでした。浮かない顔つきしている私を、竹六さんも不足のようでしたが仕方ありません。竹六さんは私の笑いを買うべく、そろそろ手脚の節々が硬くなろうという体を、無理にばたつかせ、湯の中へもぐつたりしてみせるのでした。

熱海駅に着いた時は、もう暗くなつて居ました。私が、往復切符できているので、竹六さんは小田原までのを二枚買い、ホームへ上りました。熱海仕立の東京行は、楽に坐れて、ふたりはさし向いの位置にかけました。

「今度は、正月になるね。」

と、竹六さんは、私を信じて疑わないような、間の抜けた眼差でした。いちがいに、憎めない人です。ですが、ここで歯止をかけないことには、私の前には断崖が待つているしかないと思いました。私という女も、結局自分だけの幸不幸が一番気になるような人間の一人でした。

汽車が動き出しました。竹六さんは、こつちが、調子を合わせず、むつつりしているので、暗い窓の外ばかり眺めるようでした。その中、流行唄など、低いかすれた声でやり始めました。酒をあまりのまない竹六さんは、あの物置小舎の中でも、ひとりで唄つてみることが度々あるのでしょう。その唄も永くはありませんでした。

「正月には、どこへ、行こうかね。」

「そうですね。」と、私は心にもないことを云い出し、その言葉につままされたように、不覚にも泣き出してしまい、そうなると、涙はだんだん大粒になり、われながら手のほどこしようがありませんでした。

竹六さんは、びつくりし、中腰になつて、私を泣きやませるに大骨を折りました。

甘辛い涙のたまつた口で、

「鼻の大きい、シラノの出る戯曲お読みになつた?」と、私は半泣きの声色でした。

「ウン。」と、微《かす》かに竹六さんは頷きました。

「私の気持は、あのシラノ……。」

あとが、どうしても続きませんでしたが、私としては、それが精一杯の別れのご挨拶でした。

竹六さんは、腑に落ちないみたい、きよとんとした眼つきです。

その後、今日まで十三四年、一度も竹六さんにお目にかかつたことはありませんし、今後共お逢いするような日は又とないでしょう。

——二十五年十月——

# へんな恋

今日は、三子の番だ、と思つて「だるま」へ足を向けた。

青森県青虫温泉の生れで、十六七まで不自由なく育つたが、父親が中気の床につき、一人きりの兄がグレ出したところで、家は左前になる一方の三子は十八の秋、故郷を飛び出し、熱海へきて、そこの釣堀のサーヴィス女など、この春までしていたが、ある日、ひとりで小田原に現われ、客となつて「だるま」の食堂に這入り、何か食べたりしたあと、じかに主人とかけ合いをつけ、翌日、荷物を下げて乗りこんできた、というような女で、としは二十二の由であつた。

郵便局や、警察の建物が、目につくような小さな田舎都市で「だるま」は入れものの大きさから云えば第一の、日本風な総二階、階下も百人以上かけられる食堂、階上はすべて、黒へりのついた畳敷いた座敷で、女中の数も十人を下つたためしはなく、住み込みの、食事や何かは、主人持ち、チップが、彼女達の収入の全部で、それでも、昭和十五六年あたりまでは、平均二百円以上になる勘定であつたが、そろそろ物が無くなりかけ、油がきれたから天丼が出来ない、玉子がないからちらし丼は駄目、というようなこの頃では、客脚も段々減つて行くような雲行きの、かてて「だるま」も、おつつけ、徴用により、労務者の合宿所になるだろう、という噂まで、ちらほらたつ塩梅になつてきた。

私は、この三四年、それこそ、降つても、照つても「だるま」へ、毎日ちらし丼を食いに出かけていた。四十をとつくに過ぎた、やもめ暮しで、居るところも、赤い畳の二畳敷いてある物置小舎の、配給される、日に一斤のパンでは、胃の腑の方が、十分とまで行かず、それと、別に女友達というようなものもなく、又二円か三円で一寸上れる、場末の淫売買いの話も、中々思うに委《まか》せないような有様から、食堂へ出かけて行つて、一杯三十銭かそこらのものを食べるあとや先に馴染んだ女中達と、口をきいたり、何かする、吹けば飛ぶような色合いが、馬鹿にならない、丁度、酒好きが、仕事のあとの、晩酌の一杯にも等しいようであつた。一概に、浮気ともいつてしまえない位、私の心を捉えた女もいたが、月日のたつうちには、止めたり、外の男と一緒になつたりして、みすみす指を咥《くわ》えて、そのうしろ姿を見送つたためしも二三あるようであつた。又、向うから水を向けてくる女もいたが、これと調子を合わせるような立廻りも覚束なく、やつと自分一人の、口過ぎに足りるか足りないような、通信社の仕事以外には何をするはり合いもなくなつていたような私では、蠟燭《ろうそく》つける小舎の独り寝の方が、いつそ、わずらいがなくて、涼しいもののようにも思える、といつた勝手で、日に日に、深酷化して行く戦況の一喜一憂も、灰色のガラスごしにみるふうな無為無能の徒といつた形であつた。

食堂の、玄関先にかかつた、短かい柿色の暖簾をくぐると夜の七時が一寸廻つたばかりなのに、店の中はひつそりして居り、客は二三人のようであつた。

白いタイルをかぶせた、テーブルの上には、それぞれ、若い女将の好みらしい、コスモスをさした小さな花瓶が載つていた。間もなく、客は私一人ということになつた。

三子が、寄つてきた。いつもそこに定まつた、食堂のまん中へんのテーブルにかける、私の向い側に腰を下ろした。四肢の伸びのいい、瘦せ型に、緑と黒の棒縞銘仙の、そんなに着殺してない袷せが、のりでつけたように、ぴつたりしており、藤色の襷《たすき》をかけ、平たい胸もとに、水色の半襟がのぞけた。あたりの、たたきには、箸の折れたのや、ナプキンを丸めたのがちらかつたままであつた。

「ここの女は、どうも、午まえ見る方がいいなあ、夜だと、疲れか、何んだか、お化粧も崩れてしまつているし、どことなくたるんだ感じだね。」

と、三子の、切れ長の眼が、だらけ気味なのを、みながら云つた。癖のない、いくらか赤味のさした頭髪を、二つに分けてうしろへ撫でつけ、余つたところを、丸くしてピンで止め、平たい丸顔の、おしろいののりのよさそうな肌理《きめ》の細かさで、剃つた地蔵眉、大きくも小さくもない、しまりのいい口もと、低い団子鼻が邪魔のようであつた。北国の女らしく色は白い方で、そんなにスレてもいなそうな、甘ずつぱい歯ぎれのいい言葉つきであつた。

「そりやあ、化粧したての、朝のうちがいいけど、私は、こういう商売には、馴れてしまつているから、別段――」

何やら、強気そうな文句である。煙草もやるし、酒も相当行けるような女が、熱海の釣堀あたりで、どんな日常を送つていたものか、かねがね私の気にするところであつたが、さだかなことはつき止め得ないようであつた。ある時「サーヴィス女も、体を売るようになれば一人前だが。」と、探るように云つてみると、さり気なく、「そう。」と答えた。「三ちやんは一人前になりたいかね。」と詰めよると「私はいやだ。」と、さも生娘らしく、肩先まで振つてみせるものであつた。「だるま」では、月に二度の公休でも、外泊は禁止ということになつて居り、好いた男と、勝手な道行きなど、中々出来にくいような仕組みになつていた。と云えば、一枚の紙にも裏がある道理であり、世間は世間で、あんな茶屋女が、何しているか解るものか、と、そんな風にみるようで、私が知つてから、止めた女中二人は、惚れこんだ相手から、途中で置き去りを食つてしまい、やくざに見込まれて、その後妻に収まつたのが一人、もう一人は、女房を追い出した近在の蜜柑百姓にまんまとかたづいたが、一年たつかたたないうちに乳のみ児もろとも追い出されていた。

三子は、盆にきゆうすと、茶碗をのせてき自分でも飲んだ。

「私、うわべは、陽気で、朗《ほが》らかそうね。」

「まあね。生きのいい、お転婆《てんば》みたい――」

「でも、胸のうちには、拭えない、痛手をもつてるの。」

「男故か、それとも。」

「お金のため。」

と、ぽんと、云つてみせた。

こつちが、追求すると、

「訳なんか、云わぬが、花だわ。又、力になつてくれる人もなし……。」

と、頭をひねり気味の、何やら思わせぶりのようであつた。たつて、口を割らせるにしては、私は貧乏な人間だつたし、こうだからときいても、ではと答えて、それだけの金をどこからか工面してくるような実意も怪しいものであつた。

二人の間に、たちはだかつた、水臭い空気を、払いのけるように――

「ま、そんな話しは。」

と、手を振るようである。

「何んの、かんの、といつても始まらない。せいぜい、陽気に暮すんだ。」

と、云いながら、三子はあたふた立ち上つた。

「どうせ、青森くんだりから、流れてきた女なんだ。」

と、云つて、ヤケ気味に、平たい顔を、いく分硬ばらせ、ぞんざいな手つきで、バタバタ椅子など、揃え始めた。

間もなく、三子は、青虫に、十日余り行つていた。

ちらし丼を、食べ終り、私はきんしをふかした。一時過ぎで、客は一人もなく、三子はそこいらを、ひとかたづけすると、私の隣りの椅子にかけ、貸してやつた「残る夢」という小説本へ、のしかかるような工合になり、眼を向けた。ページが、めくられて行く程に、彼女の剃りたての顔へ、血の気がさしてきた。

私は、手持ちぶ沙汰で、

「女房子を、もつてやつて行くには、どこかへ、勤めて、月六七十円稼ぎがなきあいけないな。」

と、問わず語りであつた。

「俺に、勤めを、させるほどの女がいるかな。」

本から、目を離して、

「云うわ、ねえ。」

と、さかしげに、私の顔をみるのである。

「可哀そうなのは俺様さ。ひとの、お古でなきあ、きてはあるまい。としも、としだし、一度や二度、女とくつついて別れている前科ものだし、相手が、連ッ子一人位つれてきたつて、文句の云えた義理じやない。」

と、正直そうなことを云い出した。

「そんなことないわ。」

三子は、本をぱたんとほうり出した。

「あんたばつかりよ。私を、すれているというのは。」

と、妙にからみそうな口をきき、私の顔を射抜くような眼色である。それを、うけとめかねるようにして「四十二と、二十二では年が違い過ぎる。無理だ」と、内心呟くのであつた。額に三本通つている深い皺は、若い時と大して相違はないにしても、頭髪に白毛がまじり始め、顔にしみさえ出来かかつているような私の面相であつた。

お茶をもつてくると一緒に、三子は二きれの食パンを握つていた。午めし時で、客は大分たてこんで居り三子はテーブルのわきに立つなり、ジャムのたつぷりついている方を、自分の紅をつけた口へ持つて行くついでに、「こつちは、ついてないけど、よかつたら。」

と、もう一つの方を、私の鼻の先きに出した。うまい方を自分が食べ、まずい方を、こつちへ廻す女の仕打ちに、私はやんちやな腹を立て、手で受ける代りに、口をあけ、犬みたいな恰好であつた。

「昨日も、琴の奴、客が口つけたお茶をもつてきやがつた。」

と、安く踏んで貰いたくない、というような権幕である。

「解りました。これからは、二度と、持つてきてやらないばかりだ。ものをやつて、その上、叱られるなんて、きいたこともない。」

「おあまりの好意なんか真ッ平だよ。」

あきれた、とそんな顔つきで、三子は私を見下し、勝手にしろといつた工合に、料理場の方へ小走りで行つた。きんし一本、くれても、ありがとうございますと、馬鹿叮嚀な礼を云う女でもあつた。

次ぎの日は、這入つて行くと、三子は、まん中へんのテーブルに向い、傍の、小説本をみいみい、ナプキンに、鉛筆で文字を書いていた。文章の中の、漢字を拾つては、書き止める風であつた。

「感心なことをしているね。」

「みんな忘れてしまうようだから。新聞だつて、ろくすつぽ見ないでしよう。」

「手紙を書く時なんか、まごつくかね。」

「そうなの。」

「仮名が多くつても、字はまずくつても、まごころが出ていれば、それで立派な手紙だよ。」

三子は、軽く頷き、

「手紙はそうだけど、世帯をもつた時の用意にね。」

「聞かせるよ。」

戯れに彼女の薄い肩をたたいた。

「蠟燭という小説、どうして貸してくれないの。」

「あれか。あれは困るよ。」

その作品は、私の日常生活、着物はこの十年買つたことはなし、ほころびは自分でとじるし、蒲団の皮は破れ放題で、大便小便するところもない小舎住居の、迚も人前では云えそうもないことがらを、あけすけ書き並べた文章であつた。アカの他人なら兎に角、心を動かしている女などに、こうとみせられるべき代ものではなかつた。ペンをとる段になると、裸身一つになるような私も、ふだんは、内気な位、おどおどした人間で、社交的な言葉や何かを欠いているまでも、随分色気もあれば、見栄、助平根性もあつて、手ぶらで世間が通れるほどには行つていないのであつた。

漁師みたいに、五分刈頭の、汐やけした大男が、帰りしな三子の傍に立ち止り、

「魚をもつてきてやるから、くにのお袋に送つてやれよ。」

と云つた。

「今日出して、明日届くというところではなし、今まで親孝行は、たんとしてきたつもりだし――」

などと、軽く相手の言葉をそらすようであつた。大男は、面目をそこね、ぷりぷりしながら、外へ出て行つた。

私も、お神輿を上げた。

「夕方から、雪にでもなりそうね。」

「風邪をひくな。」

「ありがとう。」

と、云つて、私の眼をのぞきこみ、

「又、本を貸して。」

「ああ、俺のでないやつをね。」

春が近づくせいか、毎朝、眼が覚めると、三子の姿が目の前にちらつくようになつていた。

入口の、衝立《ついたて》の横から、のつそり、私の顔が現われると、三子はこれに、重い一瞥を向けて、丸く撫でつけた頭を、しつとり下げた。すぐ立つて行つて、盆に、きゆうすと茶碗をのせてき、私の向い側の椅子に、しまつた腰をひねりながらかけた。十一時に、少し前で、客は私の外に、まだ見えず、テーブルのそこかしこには、温室咲きと覚しい、葵の花が並んでいた。

「三ちやんは、青森へは帰らないつもりか。」

「そのつもりだわ。」

「これから、内地が空襲をうけるようになると、汽車がやられたりなんかして、帰ろうたつて帰れなくなるよ。」

「かまわないわ。」

「小田原の土になつてもいいというのかね。」

「そう。別段、この土地が気に入ったというんではないけれど――」

そんな言葉のやりとりしながら、互いに眼の裏をうかがい合うようであった。向うも気があって一緒になったら、などと考えるようであった。私の方は、この頃、頻りに、三子と一緒になったら、などと考えるようであった。向うも気があって一緒に世帯をもつ、今とつている通信社からの定収は「だるま」の女中には、迚もかなわぬような金高だから、別にどこかへ勤めてやつて行く。それはいい、しかし、仮りに、この先、二十年の寿命があるとして、自分は六十三であり、三子は四十二になる勘定である。二人の間に、出来たその子は、一番が十七か八である。所詮、自分の口さえ養えるかどうかという年頃である。六十を越して、眼をつぶつても、三子にまだ小さい子供達をのこして逝くことになる。まとまつた遺産を置いて行かれる身分なら、あとに嘆きをかける心配はない。だが、そんな工合には、迚ても行きそうもない身の上である。遺族の上を思えば、間違いなく、死んでも死にきれないに相違ないような次第は、ありあり眼にみえるようである。それでは、自分も自分だが、家族が不憫でかなわない。そんな、末の憂き目が目のあたりに控えているような、無理な結婚、家庭生活を始めるより、これまで通り、やもめを通して、気楽に、不自由をかえつて自由として、のこり少ない一生を押しきる方が利巧だ、とそんな思案、分別して、三子とそうなることを、たつて断念したいのであつた。三子に、そつぽを向けたいのであつた。ところが、相も変らず、日に一度は「だるま」に現われるのである。くれば心の中で、三子の姿を求めるのである。一つの体に、敵同志のような人間が同居しているような始末であつた。

「空襲でやられたときいたら、青森から、三ちゃんの骨を受けとりに、はるばるお袋さんでもやつてくるか。」

　本気とも、じようだんともとれそうな私の笑い顔であつた。三子は、戸惑つたような顔つきで、私をみていた。その裡、だんだんと、彼女の顔色は、鉛でものんだように重くなり、聽て上体をひねり、椅子にもたれて、切られたように、頸すじをだらりとさせた。

「どうしたの。」

　私は、一寸、うろたえ気味であつた。

「どうもしないわ。」

　と、そうは云つても、女の顔色はなかつた。そしてそうしてもいられない、というように、椅子から立ち上り、気の抜けてしまつたような足どりで、南側の入口近くに行き、ガラス戸の横へしやがみこんだ。折から、女中の一人が、台所の方より、小走りにやつてき、三子の顔を横からのぞきこむと、

「どうかしたの。」と言葉をかけ、前の小砂利敷いた、植込みの間を駈けるようにして行つた。

　私も、ふらふら、三子の方へ寄つて行つた。しおれた女の円い頭へ手を触れてみたりした。

「さわらないで。」

　三子は、小さな声で、そう云い、

「水が綺麗だわ。」

と、つけ足した。朝降つた雨の名残りの水たまりには、晴れた空がさかさに映つたりしていた。

三子は、白い手をのばし、ガラス戸を向うへ押しやり、出来た場所へ私を、招くような身のこなしであつた。私は並んでしやがみこんだ。ほのかな、女の匂いが、鼻先きに集るようであつた。

「ここには、桜はないのかな。」

「水にうつつてるわ。」

云われて、なるほど、と青い植込みの隅にある木をみつけた。七分咲きの桜は、雨にあつたせいか、いく分白つぽいようであつた。

「この花は――」

と、云いかけたところで、三子はじろりと、横目で私を睨んだ。そんなことはどうでもいい、と云いたげな、その眼色であつた。では、何を云つたら女が得心したものか、私には見当がつかないようであり、三子も、それは云えない、というように黙つたなりであつた。いつときたつと、彼女は所在なさそうに、腰を上げた。私は、前の椅子に戻つて行つた。みていると、三子は、今度は正面の方の入口に廻り、衝立にもたれて、ガラス戸ごしに、外の景色にみ入るようであつた。表から、電車の通る地響きなどが、かすかに聞えてきた。

夕方近く、出直した私は、鯛味噌つけたパン二きれを懐に入れていた。

静子という、十九の女中が、沈んだ顔つきで、白く塗りたてた面相とは裏腹の、赤黒い、太い親指をおつたてて、

「これがね、出前の人も、料理部の人も、みんな、男の人は工場へ行つて働いて貰う、と云つたわ。」

「いよいよ、この店もおしまいかね。」

「今月から、お客へ出す業務用のお米の配給は止まつているし(既に、ちらし丼、天丼、すしといつた類いのものは、食堂から姿を消し、ひときれのパンを添えて出す洋食や、中華蕎麦というように模様がかわつてきていた)お酒にも、二十割の税がつくというし、ここの店も、永いことじゃなさそうだわ。」

「合宿所になつても、お前はいる気か。」

「職工の世話なんかしたくないわ。ここが駄目になつたら旅館か、工場へ行つて働こうと思つているの。」

「いい考えだよ。まだ、静子は若いんだし、体は丈夫だし。」

「千円位しか貯金出来ないけど、これを大事にして、働きながら、市川さん(彼女の云いかわした男は、ソ満国境にあり出征してから、まだ一年とたつていなかつた)の、帰りを待つていようと思うの。市川さんだつて、私がこんなところにいるより、工場かどつかへ行つて、まつ

黒になつて働いている方がよつぽど安心でしよう。」

「ハハ、全くだ。」

食堂は、五日に一度、あとは二階の座敷を受けもつというのが「だるま」のきめであつた。食堂番でない日でも、便所へ行くふりなどしたりして、一度は顔をみせる三子の姿の、待つても、現われて来ないのが、私には不足であり、不安でもあつた。

「今日は、誰もおりてこないね。」

「みんな、女中部屋にかたまつて、ヒソヒソ話しこんでいるんだわ。ここを止めても、すぐお嫁に行けるひとなんか一人もいないんだし。」

軈て青つぽい大柄の袷に、ピカピカした人絹の帯を、胸高にしめた静子は、らつきようのような恰好した腰のあたりを振りふり、茶をとりに行つた。三子は、どんな顔をして、皆と話しこんでいるだろう、などと私は考えてみた。旅の空にある身では、ひとしお、どうなるか解らない、この先のことが案じられる訳だと思われ、相手を手許にひつぱりこむのに、誂向きのチャンスは今だと、一歩手前に出ようとしかける足もとを、横合いからやつてきて止めるものがあり、みすみす、目の前にある好物に、手の出せないもどかしさ——どうしたものか、と私は思わず、うーんと、呻り声までたてた。うかうかと、としとつてしまつた自分の愚かさが今更らしく、口惜しいようであつた。

その日、二度出かけて行つた。客のいない頃を、見はからつた、二時頃であつた。

静子が一人いて、私は早速、

「三ちゃんを、呼んできてくれないか。」

「二階にいるから、自分で行つたらいいじゃないの。」

私の、足下を読んで、静子はじやけんな口であつた。

「そう云わずに、ここへ一寸よんできてくれ。」

二階座敷は、今でも酒が出て、丼一つの客は上つて行かれないことになつており、私は、ひとにひつぱられたりして年に二三度位、朱塗りの手摺りのある大きな階段を上るしかなかつた。そんな、行きつけない二階へ、中々独りで上つて行けないような、小心者の私は、

「な、頼むよ。」

たつての願いに、渋々ながら、静子は料理場の方へ足を向けた。私は、つぎの裏うちしてある上着の、ポケットから、新聞紙にくるんだものをひつぱり出した。中には、たつぷり味噌を塗つた食パン三きれ、這入つている筈であつた。

目をつけた、静子の姉の春子が、遠くの方から寄つてきて、

「一つ頂戴よ。」

と、人の好さそうな丸い顔に、白い歯をみせた。

「いけねえ。三ちゃんにやるんだ。」

私はムキになつて云うのである。春子は、おしろいの顔を叱られた子供みたいに歪めて、傍

をどいたかと思うと、間もなく、盆の上へ、きゆうすと茶碗をのせてきて、

「食べちや、いけないといつたから、お茶をもつてきた。」

と、そんな理窟に合わないこと云うのである。いじらしい、私などが、どんな乱暴なことを云いつけても、素直な返事をしてみせる肌合いの女で、彼女は半年ばかり前、夫婦約束した男を、南の方の海戦で失つていたりした。

「私、三ちやんがきて、お世辞に、食べろといつても、食べない。その代り、あんたには、何もやらない。私だつて、チョコレートやなんかもつてるんだわ。」

いささか、からむような、春子にしては、珍しい尖つた言葉であつた。すかすように、

「お春はいいな、ここが明日が明日、どうなろうと、今まで、十分、うちをすけてるんだから、大手を振つて帰つて行かれる訳だ。帰つたら、おはりにでも通つて、縁を待つて、お嫁に行けばいい。」

「メメちやんみたいに、子供のあるところへゆくの。」

と、軽くまぜかえすようであつた。

折から、三子である。花一杯のつつじの燃える、植込みの前を、小走りという恰好で、紫色の地に、雲型の模様をうかせる袷の裾から、赤いものがちらちらしていた。私は他愛もなく、顔を赤くし、春子と並んでかけた女の方へ、新聞紙にくるんだものを押しやつた。こつちの方は、みようともせず春子にすり寄るようにして、上気した顔を、ひと際気色ばらせて、

「私、面会だといわれ、誰かと思つて、胸がドキドキしたわ。」

と、云いながら、丸い胸のあたりを両手でかかえるような女学生めいた様子であつた。

「彼氏だ、と思つてね。」

春子が、笑いながら冷かし半分であつた。

「クックック――」

含み笑いの、おしろいの下から、さした血の色がふきでるようであつた。と、その顔が、私の方へ、まともに向けられてきた。始めは、媚びを含んだ涼しげな眼ざしが、段々、ヒステリックな光をつけ、相手を射すくめかねないような塩梅である。

あやふやな、ふんぎりのつかない、胸の底を見抜かれたように、ひとつは、てれ臭くもなつてきて、私はたじたじとテーブルを離れて行つてしまうのであつた。呼び止めようとする声も、聞かれないようであつた。


中一日置いて、三子の食堂番の日であつた。

例の如く、十一時に二十分ばかり前、私はのこのこ食堂へ這入つて行つた。表の方の小さい、ガラス戸を、三子はふきんでふいていた。頭髪を手拭で包み、草色のモンペを穿いて私の姿を認めても、さり気ない風であつた。例の如く、私はまん中へんの椅子に腰かけた。きんしを出して、火をつけ、すいながら、電車通りの向う側の病院の庭に、つつじのかたまりや、若葉の色づいたのをみかけ、目を向けていた。ガラスをふき終ると、三子は、柱鏡の表面をなすり始めた。もう一人の、体のずんぐりな、田舎娘然とした食堂番の琴が、化粧をすまし、襷をかけて出てきたところで、三子は入りかわりということになり、無感覚な顔つきで、私の傍を通り抜け料理場の方へ行つた。それが三四歩すると、又下駄の音が、戻つてきて、私の顔をうしろからのぞきこむようにし、改めて引つこんで行つた。

モンペをぬぎ、着物を着換え、襟おしろいまでつけた三子が、再び食堂に現われる時分は、既に大勢の客が、箸など動かしていた。私も、怪しい色をしている丼めしを、魚の煮つけがオカズで、かきこんでいる際中であつた。三子は、空になつた丼や皿を下げたり、めしや魚を盛つたものを運んだりして、忙しいその往復に、私の傍を通るときは、定つて、鋭く、私を上から斜めに、睨みつけるようにするのであつた。

「あんたの云うことは矛盾している。」とか、そんな言葉が、尖つた目と一緒に投げつけられたりした。「何が矛盾しているんだ」と、私は、私で、口のうちで反撥するのである。中ッ腹で、食堂を出て行く、私のうしろ姿を、三子はキラッとした横眼で見送るようであつた。

逃げた魚は大きい、というように、又この魚逃がすに惜しい、というように、どっちがどっちともつかない、しどろもどろな恰好で、一時間もたたない裡、私は「だるま」へ現われるのであつた。

どうした風の吹き廻しか、その日に限つて、一時近くになるというのに、客は依然として立て込み、食いものを出したり、下げたりで、三子は中々忙しく、その顔はややのぼせ気味のようであつた。

「三ちやん。」

衝立の陰から、私は呼び止めた。彼女が近寄つてきたところで、例の新聞紙にくるんだものを、ポケットからひつぱり出し、無言で、突き出すようにしたら、

「私、おなか一杯。」

と、金切り声を発し、癖とみえて、両手で胸のあたりをかかえるようにしてから、

「もう沢山です。御親切はありがたいんですけど――。」

いやに、改つた言葉つきであつた。私は、一寸ひつこみがつかない形の、体中が、ジインとなつてしまい、やや暫く、棒立ちであつた。二分間とたたない裡、三子は両手を、胸のあたりにあてがつたまま、くるりと、廻れ右をし、料理場口の方へ急ぎ足であつた。

私は、拒絶された食パンを、覚束ない手つきで、ポケットにしまいこみ、目まいがしそうな位、日の当つている外へ出て行つた。

――二十二年十二月――

# 帰国

行きつけの「だるま」で、外食券の一膳めしをやり、出てきて、電車通りを横切ろうとすると、

「竹さん。暫だなア――。」

と、云う声が、かかつた。みると、柏丈七が、二間ばかりのところに居り、私の方へ眼を向けていた。

セルのひと重に、鉄無地の羽織、総絞りの三尺を巻き、素足に桐の、黒い鼻緒のすがつた、駒下駄を穿いたたちで、薄くなつた頭髪をきれいに撫でつけ、べつ甲の眼鏡をかけ、懐手で納るところは、下腹のやや突き出た、五尺四寸五分あるがかいいから、一寸堂々とした風態であつた。

「やア。」

と、私は、意味のあいまいな挨拶しながら、彼の方へ寄つて行つた。

「とうとう、旗を巻いて、帰つてきたよ。」

と、自嘲も含めた、ほき出すような調子である。

「五十になつて、引揚げてきたつて、当り前じやないか。俺より、十二三年、遅いよ。」

と、私は、相手の意を迎えるような口つきであつた。

柏丈七は、小田原のカマボコ屋の次男で、高等小学の時、一年私は同じ級にいたことがあつた。二年に、進級してから、彼の方は中学校の入学試験を無事にすませて、そつちへ行き、二人は別れ別れになつた。

それが、東京下戸塚の下宿で、一緒になるようになつた時、既にどちらも二十三四の青年という年恰好であつた。その前年、丈七はW大学の商科を卒業し、都下の△△銀行に奉職して居り、私のところは、子供のもの、談話筆記等の原稿を銭に換え、どうにか下宿代を、とどこおらせるようなこともなく、合い間に「小説」の勉強をし、まとまつたものを、S先生にみて貰つたりしていた。当時、まだ童貞の身空でもあつた。

丈七は、朝から、下宿を出て行き、帰りの時間は不規則であつた。いける口の彼は、カフェなどに、よくひつかかる模様で、酒臭い息を吐きながら、私の寝込みを襲うようなこともしたが「おめえは、支払能力がないから。」などと称し、喫茶店へ行き、十銭のコーヒーでものむ位が関の山の私など、酒のあるところへ、滅多誘おうとはしなかつた。彼は、在学中から、味を覚えた、株をひき続いてやつており、ニス塗りの机の上に、小さな算盤を置き、日曜日の午前中、パチパチはじいたりしていた。

何が、きつかけで、そうなつたか、今は忘れてしまつたが、一度二人は殴り合いの喧嘩したことがあつた。洗面所のそばで、いきなり、丈七が私に手を上げたのである。いつたい、近視の小さな眼もとなど、中々神経質に出来ていながら、よくカッとなるたちの男で、何か云つた私の言葉が癪《しやく》に障つたものであろう。私も、相手になつて、彼の眉間をねらい、握りこぶしを集中したようであつた。棚にのつていた、洗面器がガラガラと大きな音をたて、転がり落ちたりした。そんなにしている裡、仲裁の人がき、二人は離れて行つたが、私の頭には、コブが出来、丈七の口からは血が流れていた。自分の部屋に、ひとり帰つた私は、永い間、動悸が止まらないようであつた。五尺一寸の、非力な私は、かつて手前の方から、喧嘩を売つたためしなど、殆んどない、凡そ暴力行為というものを、蛇のようにきらい恐れる人種であつた。

それまでも、あまり仲のいい二人でなかつたが、以後は、いつそうへだてが出来て行つた。丈七にしても、私と同じ屋根の下にいるのが、いや気さしたかして、勤め場所に近い、街中の下宿屋へと移転し、顔をあわすこともなく、七八年の歳月が流れた。

私も、とつくに、童貞でなくなり、半年近く、ある女とままごとのような世帯をもつたり、別れたり、プロレタリア文学進出の為め、一時は一銭の金にもならなかつた「小説」を、三四年ぶりで又勉強し出し、仲間とやつている「同人雑誌」にのせてみたり、暮し向きの方は、おもに某通信社の仕事で、どうにかまかなつていたが、質屋などと縁がきれたのでもなかつた。

その頃、新宿駅近くで、ばつたり、柏丈七にぶつかつたことがあつた。さつぱりした、グレーの春のコートに、白い絹のワイシャツ、手織のネクタイをし、小さな皮鞄をぶら下げる丈七は、戸塚の下宿時代より、ひとまわり肥満し、銀行員としての恰幅も、大分整つたかのようであつた。金縁眼鏡の、細い眼をニコニコさせ、彼は駅裏の大きなカフェに、私をひつぱつて行き、ビールを注文し、カツレツをとつたりした。生国を同じうする者同志が、久し振り都会の雑沓の中でめぐりあい、多少感傷的になるの図が、くり拡げられた。

段々、きくと、丈七は、新妻を貰い、まだ半年とたつていない由であつた。世話するものがあり、小田原から北へ二里より離れていない、M町の相当ものもちの百姓の次女で、これと渋谷駅から、乗り換えた電車を五つ目で降り、五丁とないところへいる、是非遊びにこい、と大変な機嫌であつた。コップを、ほしあつている裡、今夜これから、俺のうちにこい、と丈七は乗り出し、こつちの都合など、頓着しないようであつた。暇な時間だけは、もてあます位持つている私も、誘われて別に、ことわる理由もなかつたが、ふとこの彼に、十円無心してみよう、という気になつた。何に必要な金だつたか、これも忘れてしまつたが、兎に角困つていた私として、借りられるところを、心の中であれこれ物色していた矢先だつたのであろう。その旨、云うと、丈七は、鷹揚に頷き、家へきてから、と承諾してみせた。

一升酒は平気な彼につれられ、カフェを出、電車を二つ乗り換え、降りて、畑と新築の建物がとびとび並んでいるような、暗い通りを行き、暫して、瓦屋根の平家建て、あまり間数も多くない、出来上つたばかりの、同じような家が、三棟並んでいる、中の一軒の格子をあけた。

あとで、きいたところでは、両隣りは丈七の家作とあつた。

頭髪を束髪にし、としのわりに、地味な帯をした、円顔の小柄な妻君が出てきた。丈七は、着物に着換え、六畳の床の間のある座敷へ現われると、改めて妻君を私に紹介した。相手の顔を、まともにみないような、若い女のういういしい、両手のつき振りに、私も多少硬くなり、座布団から、滑りおりたりした。

丈七は、あぐらで、すぐ酒を命じ、肉鍋の支度をさせた。まがい紫檀のテーブルに、差し向いになり、たばこをやり始めた私に、彼は床の間に並べてある鏡花全集の自慢など始めた。珍しい、掘出しものだ、というのであつた。彼の一面には、読みものに目のないようなところがあつて、文学、科学、社会学から、探偵小説、娯楽小説手あたり次第というようであつた。又歌舞伎見物にも、映画にも、足まめらしく、昔から、無学の私など、そばによれないような雑学・世間知の持ち主でもあつた。

酒にカンが出来、火鉢の上の煮ものも頃合いになつて行つた。妻君は、一度私に酌をしたきり、あとは台所と座敷を往復するだけのような女であつた。

新築の家、新妻、私の眼に入れて、丈七は、悦に入るらしく、日頃口巧者の弁、ますます多岐にわたるようであつた。と、彼は、私が「同人雑誌」に出した「小説」を読んだ、ときり出し、そのもの好きに、こつちが驚くふうをするより早く、私などのような貧乏人が、芸者にかかわるなんか、僭上な沙汰だ、と余計なおせつかいを始めるのであつた。かねがね、酒の上のよくないのは知つていたが、相手をあまり、みくびつた彼の高慢は、私の自尊心を、ひどく傷《きずつ》けるものがあつた。その作品は、不見転芸者が、おもう男とうまくゆかず、それとなく女にひかれている三文文士と、安カフェに年越し酒なんか、のみに行く、といつた、ごくみばえのしないことがらを書いただけに過ぎなかつた。私は、二の句がつげず、だまつてしまうと、丈七は、重ねて、いんねんでもつける口調で、あんなものほしげな、身の程知らずな振舞いを書いているから「おめえ」は、いつまでも、うだつが上らないのだ、などと毒つくようであつた。ふだんの私なら、御馳走酒も相当はいつているので、その儘聞き捨てる気づかいなかつたが、その夜は、胸に一もつ「十円の無心」ということがひつかかりとなり、歯ぎしりしながら、うんうんと、苦笑いしているしか、芸がないようであつた。その弱みを、とつくに見抜いているものの如く、丈七のいやがらせは、だんだんあくどいものになり、根が小心な私は、座にいたたまれなくなるばかりであつた。そこで、いく分、坐り方をなおし、眼鏡の底にすわつてしまつた丈七の、細い充血した眼をうかがいながら、とつて置きの用件を切り出した。してみると、彼はほてつた頰のあたり、ひとしおふくらませ「酒はいくらでものめ。だが、金は困る。」と、手の裏を返したような挨拶であつた。その風向きに、面喰いながらも、私はなかば口ごもり、嘆願の言葉を繰り返したが、彼は承知の色をみせなかつた。終に、私の方が音をあげてしまい、啖呵ひとつきる気力も抜け、逃げるように、座敷を立ち、玄関に出、ぼろ靴を穿きにかかると、まつかな顔した丈七が現われ、そのうしろに、小さくなつて、膝頭を揃える、妻君が控える段取であつた。彼女は、私を正視するに堪えないようであつた。紹介されたばかりの女にも、面目を失い、ほうほうのていで、外へ飛び出した。暗い、でこぼこした道路を歩きながら、私の腹わたは、煮えくり返るようであつたが、それは負け犬の遠吠えとも似ていそうであつた。

その後、十六七年、二人は出あうことなく、過ぎてきていた。

その間、日華事変の起つた翌年、私は永年の都会生活にみきりをつけ、小田原の生家の物置小舎へ引揚げた。「小説」の勉強まで断念したわけではなかつたが、職業作家として世に立つのは無理のような、己の器量を、自他から思い知らされた私では、書き続けたところで、所詮自慰を出ないものとしかとれず、ま、それもよかろう、という位な、諦めと未練が残るようであつた。たつきの方は、今迄通り、月々三十円ほど、通信社の仕事でとれる勘定になつていた。戦争で、世間が騒々しくなるにひきかえ、小舎のひとり暮しは、ひつそりしたものになるばかりであつた。

柏丈七を、みることは絶えたが、狭い町のことで、世間にうとい私の耳にも、その噂だけは、ちらほらはいつていた。彼の両親は、既に亡くなり、あととりの父祖の業をついだ男が、商売に身がはいらず、道楽のバクチにこる塩梅で、丈七は時々その尻ぬぐいをさせられ、その都度これを殴るようなまねもしたらしかつたが、兄も亡くなつてしまうと、丈七は親兄弟を悉く失つた。彼は又、妻君との間に子が一人もなかつた。甥が徴兵検査に合格したところで、彼は彼の所有に帰していた、カマボコ屋の家屋敷を、そつくりその者に呉れ、帰省した時の足だまりとするようであつた。したが、丈七は、あまり故郷へやつてこず、戦争も段々ひどくなり、私など終戦後になつても、彼がこの世にいるものやら、いないものやら、さつぱり忘れてしまつていた。

◯

並んで、歩きだすとすぐ、

「女房には、三年前に死なれるし、医者からは、一年間しか保証しないなんか云われるような体になつちやつたし――。」

と、丈七は、眼鏡の奥の眼を、ひきつらせながら、投げ捨てるような、もの云いであつた。きく方も、思わず、胸せまり、彼の顔色をのぞきこんだ。そう云えば、額が詰り、頬から頤へかけてふくらんだ、長めの顔も、白いよりむしろ蒼ざめて、色艶がなく、かすかに、すすけたような斑点も、うかがわれるようであつた。大きな下駄を突ッかける素足にしてから、白茶け、静脈の塩梅も冴えていなかつた。

「ほう、妻君に死なれちやつたかね。」

「戦争中の疲れが、いつぺんに出たんだね。なんともなさそうにしていたのに、脳溢血で二時間ともたなかつた。それから、たいへんで、近所の人がきて、家の中をかたづける。葬式の日は、俺の着るものがみつからず、借着で間に合わせる始末さ。費用は、全部で二十四五万かかつたね。香典が十二三万あつたかな。とむらいは、どうにかすませたが、とたんに俺が滅茶苦茶になつちやつた。よくある例だが、死なれて、女房の有難味が解つたという奴さ。どんな日でも、四時頃になると、のまずにいられなくなる。一升位やらないといい気持にならない。酒というものは、一定量をこすと、いくら酒のみでも、興奮して眠られなくなるのだね。寝たかと思うと、すぐ眼がさめてしまう。眠れなきあ、明日の仕事にさしつかえる、というわけで、アドルムをのむ。だんだん、それが十錠から十五六錠とふえて行く。その力で、眠るんだが、朝がきて、ひとに起されるし、起きなけりあ、商売にさわるから、八時かその位に起きるんだが、頭がはつきりしていない。そこで、眠気を追つ払う為めに、ヒロポンの注射を、五六本とうつている裡、それも十何本やるようになる。注射の効能がさめる時分には、その反作用で、どうしてものまずには居られなくなる。性の知れないのでも、行き当りばつたりにひつかける。それを、毎日繰り返している裡、ヒロポン中毒で、肝臓をすつかりやられてしまつたんだね。医者は、心臓も大分犯されているとも云うんだ。足の方だけで、まだむくみは、それ程でないから大丈夫だと思つているんだが、どの医者にみせても、おどかし文句ばかり云やがつてね。」

「そんなに、弱つちやつたかね。」

「今朝だつて、もう三本、甥にヒロポンをうたせているんだよ。」

「食慾は、どうなのかね。」

「一日中、トーストひときれに、何か食う位なんだ。今日も、卵子一つのんだきりなんだ。迚も、駄目だから、医者へ通つて、強壮剤の注射で、補いをつけているんだがね。小田原は、魚は新しいし、空気はよし、何事も体が駄目になつたらそれきりだし、知り合いもすすめるから、思いきつてやつてきたんだが、どうもはかばかしくないんだ。何より、孤独になつてしまつたことが、一番体にきいているようだな」

「君は、妾をもつたことはなかつたのかね。」

「女房の達者な時分、一度もつたことがあるよ。高田の馬場へんに小さな家を一軒あてがつてね。だが、妾なんてものは、ありあブルジョアのもつものだね。俺なんかみたい、妾の家へ、いきなり自動車を横づけするでなしに、てくてく歩いて行つて、這入りこむんじや、ちつともパッとしたところはないね。女は、小田原のものでね、始めのうちは、口返答ひとつしない、おとなしいところが気にいつたんだが、だんだんおとなしいのが鼻につき出しちやつた。男の云うことを、はねかえすような弾力のある女でなくちや面白味が続かないね。半年ばかりは、それでも、一日置き位に行つてたが、二年ともたなかつた。俺が、遠のいている間に、女の方も、すつと居なくなつてしまつたのさ。」

「フン。そうしたもんかね。で、もう一度女房をもつ気にはなれないかなア。」

「もういやだ。もつて、わずらわしい思いをする位なら、自殺でもしちやつた方がましだ。」

「君も、そんなに思うのかなア。」

「実は、女房の一周忌がすんで、世話するものがあつて、もらつたんだ。一寸名の売れた歌人で、映画女優の△△の姪なんだ。こつちも、藁さえつかみかねまじいところだつたし、女が時々、仲間を集めて、歌会なんかやると、珍しがつて顔を出し、素人の文芸談をやらかしたりしたものさ。だが、女でも、男でも、短歌なんかやるものは、大抵肺病やみのように、蒼い顔して、いやに表面とりすましていて、どうにも嫌味なもんだよ。その女とも、段々そりが合わなくなり、一日中口もきかずに、睨み合いをするようになつちやつた。同じ家に、二人きりでいる者同志が、うつかり口ひとつきけないというのは、正に地獄だね。今から、思うと、俺の方に、色気があつたようなもんだが、十万円ばかり、女の名義にして、あずけさせたんだ。すると、その翌々日、あなたとは性格があわないから、というきまり文句を並べ、別れてくれと云い出すんだ。ひきとめるのも業ッ腹だし、手切金に預金帳はくれてやれ、と俺はあつさりおつぽり出したんだ。何のことはない、十万円で、三カ月パンパンを買つたようなものさ。」

「じや、再婚に、二の足を踏むのも道理だね。」

「まあ、駄目だね。としもとしだし、なまはんか、小金があると、女は金を目あてに近寄るだけだよ。金をとりにくるようなもんだよ。そんなものを。家の中へ入れて、いらいらするより、不見転か、淫売でも、時々買つた方が、よつぽど気がきいてるじやないか。それより、何より、こんな体になつちやつちや、女とどうのこうのという余力も何もありあしない。」

二人は、葉桜の青い、城址の濠端を歩いて行つた。上天気で、散りのこりのつつじが、濠の水に、とりどりの色をうつしていたりした。

「おめえも、いい腕になつたな。」

と、丈七は、話題をかえ、ざつくばらんな調子で、言葉をつづけた。

「××に出た『〇〇町』というのを読んだよ。おめえの寂莫とした心持ちもよく出ていたし、淡々とした書き振りも大したものだつたな。」

「そうか、読んだのか。」

昔、芸者と歩くことを書いた「作品」を、身の程知らず、と罵倒した口からすると、丈七も大分、老いもすれば、気も弱くなつた様子であつた。

「おめえも、へんなところへ燻《くすぶ》つていたりして、よく辛棒が続いたな。そのおかげで、孤独に堪えてゆける人間となつている。俺は、うらやましいよ。小田原へきてからだつて、日が暮れだすと、いても立つてもいられなくなる時があるんだ。で、体に、悪いとは、みすみす承知していても、のんじまうんだな、この頃じや、五合やつても、眠れなくなつた。やつぱり、アドルムを七八ツ粒位のむし、朝になれば又——。」

「あの中毒では、癈人のような者になるそうだが。」

「癈人だね。」

「が、君は、顔色なんか兎に角、元気は元気そうじやないか。相変らずじやないか。」

「気だけで、もつているんだよ。それも、久し振りに君とあつたうれしさから、こんなに喋つているようなもんだ。甥の家にいる時なんざあ、甥の嫁とも、滅多口をきかない。うまい、なんとかが出来ました、とお世辞云われただけで、もうそれを食う気がしなくなつちまう。」

「君も、生れつきの我儘ものだつたからね。」

「そのうち、一度メシを食おうよ。」

「いいな。君も、俺も、五十だが、俺とは違つて、君は大体、分相応のしたいことはしてきたと云えるだろう。」

「まあね、銀行時代も、本店の係長にまでなつたし、止めてからも——。」

と、蓄音器会社の重役、戦後のさまざまな事業経営等々ひとくさり、カマボコ屋の次男坊としては、比較的金銭に縁のあつた過去を、いささか得意然と述べたてるところがあつた。話半分としても、こと実利問題になれば容赦しない持ち前の人間として「新円にきりかわる時は、有金全部吐き出して松竹の株を買い、新円になつて、半年すると一株につき、四十円の値上りになつたので、これを一割びきで、新円にかえたら、百二三十万になつた」と、云うなども、満更ホラではなさそうであつた。目先がきき、弁がたつて、馬力があり、相手次第でどんな口でも調法にきけるような、いわゆる八方美人風なところもある彼が、どう間違つたにしろ、食いはぐれるような目にあう筈はなかつた。

「目黒の家も、家作も、そつくり売り払つてきたんだ。」

「俺なんか、月五千円以内でやつているよ。ひとりで、つつましくしていれば、それ位で結構ゆけるね。」

「だが、俺は、酒やなんかきれたりしたら、一日ももたないからな。」

「業が深いんだね。」

「やつぱり、まだ血の気もあるんだな。東京から、友達がちよいちよいやつてくる。話は金儲けのことにきまつているんだ。そんな慾を出しても仕方がない、とちやんと承知していても、ついフラフラッとしちまうんだ。だが、出来るだけ、前からの連中から遠ざかろうと思つているよ。第一、金儲けの話は、儲かるものとはきまつていないし、大抵、一時間もすれば話が尽きちまう。二六時中、金に血眼な奴等には、その外、喋ることなんか、ろくすつぽありやしないんだ。さんざ、これまで、金金金で、息をきらして、飛び廻わつてきて、死際が近づいても、それじや、やりきれない。これからは、せいぜい君のキビにふして、俳句でもいじくつて、静かに、ゆつくり暮したいよ。よろしく指導頼むよ。」

「時勢も、時勢だし、俺だつて、余生をあまり愉しんでも居ないね。何かに、追つかけられているような焦燥を、いつも感じているようだよ。君のような俗人でもないが、といつて別段、霞ばかり食つているわけじやないんだ。」

「五十歩、百歩というところかなア。」

「しかし、君が句でも造る気持になつたのはいいことだね。もう銭儲けは大概にして、養生するんだね。いくら、金をのこしたつて、この先、いつ紙屑みたいになつてしまうか解りあしないし、君はそんなものを譲る子供もない身の上だからなア。句でも、造つて、のんびり行くんだね。」
「海岸へ行つてみないか。俺は、帰つて、まだ一度も、海をみてないんだ。」
と、丈七は、かつて、殴り合いの喧嘩したことも、十円の無心をはねつけたことも、いつさい忘れてしまつているように、私の袖をひつぱるのであつた。

〇

濠端を、二人が子供時分、通つたことのある小学校（当時は木造であつたが、現在はコンクリートの壁を塗つた、洋風のものになつていた）について、南の方に曲つた。電車の通る国道を、突ッ切り、五間幅の往来を、まつすぐ行くと、両側に寺や、別荘の板塀がみえ、からたちの垣が、もえるような若葉を拡げたりしていた。

二人の前を、ぼろぼろのジャンパー、ゴム長といういでたちで、ひどく腰の曲つた、向う鉢まきの漁師が、棒の先きに、鰤《ぶり》を一本ぶらさげ、とことこ歩いていたが、横丁へ折れて行つた。路は、砂まじりの、だらだらのぼりとなり、右手には、松をきり払い、地均したところへ、木の香の生々しい、安普請の建物が、ぽつぽつ、並んでいた。ここらあたり、昔、外国軍艦の襲来に備えた、台場のあとであつた。

間もなく、海を一望する、防波堤の頭に出、浜へ降りる石段が、両方に出来ていた。二人は、左手の方へ廻わつた。と、丈七は、のつそりした体を、手摺へすりつけるような恰好となり、なま白い手をのばし、つかまりながら、降りようとする有様であつた。

「大丈夫かね。」

「足元が、あぶなかしくてね。」

「のぼりが、余計、大変だろう。」

「いや、のぼりの方が、平気なんだ。」

丈七は、大きな体を、両手で支えるような、心許ない腰つきで、ゆつくり、ひと脚ずつ、降つて行き、色のない額あたり、あぶら汗がにじむようであつた。

砂浜に、降り着くと、丈七は、心持ち上体をのばし、肩でひとつ、息をした。

大島から、伊豆の天城の頭までみえる、快晴ぶりで、若緑、濃緑で装われた、手近の半島に寄る波の穂も、白じらと、きれぎれに眺められたりした。

二人は、昨年の台風で、こわれぱなしになつている、海水プールの近くに、腰をおろし、海の方へ、永々と脚をのばした。午少し前の太陽に、風のない海面はキラキラしていた。

私は、上衣のポケットから、バットを出した。すると、丈七は、たもとから、いこいを出し、こつちをすえ、と云つた。一本貫つて、私のつけたマッチで、二人は火をつけた。

「やつぱり、海はいい気持だなア——。」

眼鏡の眼を、まぶしそうにしながら、丈七は沖の方を向いたりした。汐目が、女の洗い髪のようなしなやかさで、三浦半島のあたりへのびていた。

うがい煙草で、時々端正な口もとから、煙を出しながら、丈七はくつろぎかけたようであった。

「天気もいいしね。」

「鰤網は、そろそろしまいだね。」

「うん。秋網になるね。」

「今年は、この浜一帯、鰤ははずれだつたそうだな。」

「大したことはなかつたようだ。桜から、こつち、鯖が馬鹿にとれたよ。」

「魚といえば、魚も海中で、音を出すものらしいね。」

「ホウ。」

「鰯のなぶらでも、鰹のなぶらでも、短波の聴音器で、遠くからキャッチ出来るんだね。潜水艦が、敵の軍艦や、輸送船の方向なんかキャッチするようにね。」

「なるほどね。そうすれば、なぶらの居所と、動きがわかるから、そつちへ行つて、網をはる、という順序になるわけだね。」

「南氷洋あたりでは、その聴音器で、鯨のなぶらをキャッチし、その方角へ行つて、キャッチャー・ボートを出すんだそうだ。しかし、そういうのは、アメリカと、イギリスと、ノルウェーの船だけで、日本はまだ、許可されていないそうだ。」

丈七の口は、軽くなり、彼一流の雑学を披瀝《ひれき》し、原子爆弾の話、水素爆弾、冷凍爆弾その他新兵器にわたつて、私などには、耳新しいところを、語り続けるのであつた。それから、マルキシズムとデモクラシーの比較、敗戦によつて、三四等国に転落した日本の将来等々——。

「ヨーロッパのある小国では、この前の大戦以来、いく度も、国内が外国の軍隊に荒されどおしなので、国民はトランクひとつに、全財産を詰め、いつどこへでも移動出来るようにしてるそうだよ。」

「ジプシーか、中国の苦力みたいだね。」

「なまじ、一定の土地や、職場に、執着するより、身軽に、どこへでも行つて、喰つて行く、というのも、ひとつの生き方じゃないか。」

「それが、習性となつてしまえば、いつそ気楽かも知れないね。」

「日本あたりも、下手すると、そうした国になりかねないなア。」

「米ソ戦争のことね。」

話しあつても、二人の口には、悲観説より、出ないようであつた。その時期についても、互いに、切迫したようなことを云い合つていた。

「君、覚えてるか。ホラ、ずつと昔、ハレー彗星というのが出たことがあるね。」

「うん、箒木星《ほうきぼし》か。六十年ぶりに一ぺん、地球から見ることが出来るとか云つた？」

「そうだ。あの当時、箒木星と地球が衝突し、地球が、滅茶苦茶になる、ということを云い出した学者が、どこかの国にいたんだね。その説を、本気にして、地球がそうならぬうちにというわけで、自殺した人間も相当あつたらしいな。」

「成る程ね。今は違つた、ハレー彗星が、出かかつているというところかね。」

「考える人間は、そいつをみているようなものなんだな。」

話しに、又陰気な影がさしてきた。

「のどが乾いた。喫茶店へでも行こうか。」

と、云い、丈七が、先きに立ち上つた。二人は、並んで、歩るき出した。二つの影法師が、黒々と、足許にからみついたりした。

近くの砂浜では、波打ち際の砂利を、もつこに入れ、防波堤の上へ担ぎ上げる人夫の行列が、蟻のように続いていた。市の、失業救済事業で、三百人以上の男と、女もまじつて、砂利担ぎ、道路なおし、どぶ掃除いろいろやつていたが、それでも百人近い人数が毎日あぶれる由であつた。

丈七の、自称したように、上るには、降りほど、骨が折れないようであつた。石段をのぼりきり、別荘と、新住宅の立つ間の、だだつぴろい通りを、今度は逆に、歩るいて行つた。

「君に、頼みがあるんだがね。」

と、丈七が、急にきり出した。

「六畳でも、八畳でもいいんだ。どこか、貸し間があつたら、知らせてくれないか。」

「君が、借りるというのかね。」

「ウン、そうなんだ。荷物は、布団が三組に、長火鉢、茶箪笥、そんなもので、大してがさばりやしないんだ。四畳半でもいい位だ。」

「甥の家にいながら、どうして、そんな貸し間なんか。」

「甥は、甥で、やつぱり、自分の子じやないからな。いくら、あの家を、ただで、あれにくれてやつたといつても、いざきてみると、奥歯にものが挾まつたみたいでね。おい、注射を打つてくれ、といえば、甥はいやな顔なんかみせないで、してくれることは、してくれるんだがね。病人のひがみか知れないが、何かしつくりしないんだな。」

「解らないこともないが、君はおどかし半分にしろ、一年しか保証しないといわれる体になつているんだからね。」

「ウン。それに、違いないけど――。」

「倒れた場合のことを考えるんだ。そりあ、金さえありあ、看護婦もつききりになつて、世話もしてくれようが、しらない人の貸し間で、そんなものの厄介になるより、やつぱりなんと云つたつて、甥夫婦のところの方が、工合よいことにはならないかね。」

「倒れた時にね。」

「だから、甥の家の裏へでも、小さな君の居所をつくつて、ふだんはあまり、交渉のないような、なんだね、外食券を買つて、外で食つたりなんかしたら、お互いに、気づまりな思いが、少くて済むんじやないかな。いつたん、寝ついたら、君も眼をつぶつて、甥夫婦に、みて貰うんだね。看護婦を頼むのもよかろう。」

「俺はね、女房の骨をもって行ってから、急に懇意になつた、山王寺の地所に、小舎をたて、中は畳敷きの座敷にして、そこへ居ようかとも考えたんだがね。俺が、そうなつたあとは、寺にくれることにしてね。住職は、三つ年下だが、話の面白い男だし、上さんも中々、気のつく方らしいんだ。」

「そりあ、うまい考えかも知れないね。寺なら、その期に及んで、じたばたしなくて済む、心の修業にも、誂え向きかも知れないね。」

「山門内にいる、と云うことになれば、東京の連中も、きにくくなるだろうしな。だがね、どんな小さなものにしろ、一軒たてるとなると、細かいことまで、一々考えなきあならない。そのわずらわしさが、大儀だし、と云つて、坊主に、大体の金を渡し、万事よろしく、というわけにも、俺の性分として出来ないんだな。書生時代から、株に手を出したような人間は、大詰へきても、みみッちい銭勘定から、解放されないんだなア――。」

「ふーん。」

「やつぱり、貸し間がいいんだ。倒れたら、倒れた時の事さ。その時よべば、甥夫婦も、知り合いも、駈けつけるだろう。君、みつけて置いてくれ。頼むよ。」

「そうかねえ。」

「六畳でも、四畳半でもいいんだ。荷物は、布団が三組ばかりに、長火鉢と……。」


――二十五年五月――

# 放浪児

九月始めの、夜の十一時過ぎであつた。

既に、床へはいつていた参六は、近所の旅館の女中に起こされ、小屋をあたふた出て行き、大きな柱時計のある玄関わきの、電話器をとつた。小田原駅からで、鉄道保安官が、がなるような早口で、平井米子と云うひとを知つているか、先方は参六を師匠だと称しており、今塩尻駅にいるのだが、一文もなくて汽車へ乗ることが出来ない、参六に汽車賃を出して貰い、当人小田原へ行きたいと云つているが、あなたは塩尻から身延線経由で、二百八十円也の金額支払う気があるか、などと述べ立てた。平井米子なる女は、見知らぬ仲というのではなく、彼女の原稿を再度読まされて、自分もモデルにして、二三小説書いた覚えあり、師匠に当る者などとはさらさら思わぬまでも、相手の窮状きかされて、知らん振りしておれなかつた。旅館を出、いつたん小屋へ舞い戻り、ガマ口を半ズボンのポケットにねじこみ、参六はおッ取り刀、駅へかけつけた。カーキ色の服着た保安官は、彼から金を受取つたところで、すぐ塩尻駅へ鉄道電話していた。明日の十時頃、米子は小田原へ着くだろうと云う挨拶であつた。

○

彼女は、東北、平泉在、門構えのある農家に生れた。出産後、半年とたたない裡、姑にいびられ、母親は彼女を残して出て行つてしまい、その後炭焼きの家へ貰われたが、こんなに泣く児はみたこともないとあつて、そこから一年たたずで突き返され、米子が実家へ戻つた折には、二度目の母親が、後釜になおつてい、すぐ腹違いの弟が出来ていた。よく泣く児は、働き者の継母はもとより、祖父母や、体もあまり丈夫でなく、骨折り仕事に不向きで、気ばかりいい実父からも大して可愛がられず、いつそ邪魔扱いされながら育つほどに、いよいよ性根がひねくれて行き、小学校を卒え、それでも世間の思惑繕ろうため、高等女学校へ上げられた。卒業後は、主として、野良仕事に追いやられ、まッ黒くなつて働いて、軈て年頃となつたところで、型通り隣村の百姓家へ、縁組みがきまつた。彼女は、夫となる青年に、一向気がなかつたが、婚礼の紋服に手を通してみたいという誘惑に負けて、いざ望み通り、着たいものを着、晴れの座につき、硬くなつて、畳の毛バむしらんばかりにうつ向いている、紋付姿の青年と並んでみると、かための盃もよう干し得なかつた。納所へ延べられた、新郎新婦の床を、彼女は自ら丁字型にしきなおし、ひと晩中抵抗しつづけ、翌日早々に実家へ逃げ出していた。が、ひとの噂も七十五日、一年ばかりすると、当時満洲の奥地で、開拓移民として働いていた、同村出の男と縁談がまとまり、二人は式を挙げ、親戚縁者に送られて汽車へ乗り、途中の航海も無事、牡丹江の旅館にひと先ず落ちつき、今夜こそと男は米子の体を求めたが、その手を激しく振り切り、相手がひざまづくような姿勢しても、彼女は更にがえんぜず、夜が明けると一緒に、旅館を飛び出し、単身内地へ帰つてきて、流石に平泉在へはまつすぐ立ち戻れないまま、長野善光寺の尼養成所へ、ころがりこんでいた。そこにひと月ばかり住まつて、髪をおろし本物の尼になる日が近づくとみると、彼女は慌て出し、仔細を打ち明け、親許へ助け舟乞うた。父親はすぐきて、娘を引き取つて行き、二度まで不埒を働いた女は村一党の手前もあり、家に置けぬと、二十里離れた北上川べりの山間へやり、彼女は、そこで小学校の代用教員と云う身状に変つた。文学書などに親しみ、どういうこともなく教職果している裡、終戦となり、その後三四年、彼女は寒村に暮してから、実家へ帰り、また野良仕事始めたりした。その間、二三、淡い恋心そそられた相手もないではなかつたが、老嬢としてさしたる間違いなく、彼女が聽て三十才を迎える運びになると一緒に、弟の方も身を固める時期が到来していて、米子を先きにかたづけなければ、恰好な嫁もきてくれないとあり、継母始め血まなことという塩梅であつた。時分はよし、門構えのある家の一人娘らしく、ちゃんとした仕方で、自分を分家してくれ、田圃の中に掘建て小屋たててくれるなんか真平、と彼女は強腰だつたが、それほどのものをあてがえる余裕が、実家になかつた。米子の問題が愚図ついている間に、弟の嫁の話が早くまとまり、村から少し離れた町の、さる農具商の娘が、ひとの羨むばかりな仕度で、乗り込んできた。これを仇敵と睨み、小姑根性丸出しに、何かと意地悪しようとはかる米子へ、義妹は夫や姑につかえると寸分たがわない、ていねいな、自分をお姉さんと呼んだりして、朝の挨拶から、お風呂がわきました等々、これといつて非点の打ちようもないかしづき方であつた。十八才の新妻は、髪をおさげにして、おしろいの不要な位色白の、円顔で黒眼がちの眼もとがひと際涼しい女であつた。ついに敗け、弟の結婚後、丸みつきとたたず、彼女は身を退く如く、無断で実家から姿晦まし、仙台近くの温泉場へ赴き、旅館の台所女中に住み込んだ。夏場だつたが、三度の食事も、おちおちたべておられぬ程、水仕事が忙しく、彼女は居所明かす手紙を実家へ書いたりしたが、居なくなつたがいい幸いと、平泉在からは何の返信とてなかつた。ふた月ばかりで、別の温泉旅館にはいり、今度は座敷女中というので、彼女は幾分気をよくしていたのも束の間、客が寝床の中へひつぱり込むような振舞いに及んだりして、老嬢はすつかり腹をたて、仙台の新聞へ、しかじかを小説風に仕立て、投書してみると、これが学芸欄に出、翌日そこの旅館をクビになつていた。小さな風呂敷包みかかえ、仙台駅のベンチにかけ、この先どうしたものかと思案しているところへ、隣りへ坐つた同じ年恰好の、一見玄人然とした女と、急に懇意な口を利きだした。先方は、北海道から出てき、これから東京へ行つて、ひと働きするつもり、とあつた。丁度よい道連れと、早速米子は同伴を依頼し、二人は汽車へ乗つて、東京・神田駅へ到着、わずかな荷物を一時預けにし、その脚ですぐさま就職運動にとりかかり、ひとごみを二三時間まごついた挙句、表通りから一寸ひつこんだ、バラックながら、白ペンキ塗り三階建のキャバレーに口を見つけ、その晩から客の前へ出る仕儀となつた。いとも簡単に、多年のあこがれでもあつた土地へ、御輿据えた次第が、米子にも一寸信じられぬようであつた。

全然、アルコール分のいけなかつたのが、ビールの一杯位はのめるようになつたところで、某大学の教授と云う肩書つきの、のつぽうで、骨と皮ばかり痩せている、胸部に疾患でもありそうな中年男に、彼女は惹かれて行つた。高等女学校は出たというものの、A・B・Cもろくすつぽ知らぬ女では、英語をちよいちよい挟む教授と満足な話のやりとり出来ぬとあり、米子は昼間のうち一時間ばかり、近所の私塾へアルハベットから習いに出かけたり始めた。先方は、老嬢とはつゆ知らぬまでも、ぽつと出の田舎者らしい、どこか生毛ののこつていそうな米子の肌触りや、野暮つたいだけに気の置けぬしぐさ等、可成御意にかなつたかして、女房子持ちの身でありながら、毎晩キャバレーに現われ、アルコールに顔が染まりかけると、彼女の手をとり、ダンスのステップ教えたり、ある晩はボックスに寄り添い、二人して芝居もどき、よだれの如き涙流しあつたりと云う有様であつた。

その頃、米子は、二度手紙を書き、私塾へ通つて、とし下の女教師から、自分より十も若い青少年等にまじつて、A・B・C教わる珍奇な光景綴つた、三十枚ばかりの原稿送つたこともある参六を、始めて小田原海岸の住居に尋ねた。参六は、いて、その気配知るより早く、小屋の入口に立ち塞がり「先生、きたわア。」と、まるで旧知とでもいうような、それにしても蓮つ葉きわまる言葉遣いした。きいて、参六は、猪頸を余計縮める思い「この女は――」と、生得鼻の下が長目に出来ている己に、何やら訓戒するところあるようであつた。

鯨色のオーバー着、いくらか赤味のさす髪をうしろへ縮らせ、ビロードのベレーかぶつた、五尺少し上背のある、痩せ型ですらりとした女は、梯子段を上つてき、畳二枚敷いてある場所の、端つこへ飴色の中ヒールぬぎ、参六がそのままというので、オーバー着たなり、畳の上へ両膝くつつけてかしこまり、先程の口上とは裏腹な、ぎごちないような仕方で、初対面の挨拶した。

角ばつた平たい顔に、広い額やきりッと通つた鼻すじが立派で、あつさり塗つた紅の口もとも、大きからず小さからず、ほどほどのしまりあり、どこか知的な先ず十人並の面相とふめたが、切れの長い割り細い両眼に、それとはみえないがヤニでもこびりついている感あり、眉から額へかけ、アザのような翳《かげ》さしているも、何か歪んだ不吉なものを暗示するが如くであつた。

ビール箱を、机代りにしている小屋には、茶道具の用意もなく、参六は新客を外へ連れ出し、行きつけの食堂で、寿司を振舞つたりして、一寸下へも置かぬ歓待振りに、いささか米子は面喰いながら、距てのない口数多くしていた。実母の愛知らず大きくなつた女が、永年小説類に親しみ、出来れば文学者として世に立ちたい志望持つているのは事実で、その方面の指導、応援を改めて参六へ申し述べたりした。聞き手も、事情を汲み、出来るだけのことは云々などと返答する一方、わが身にひき較べ、間違つて無償となる場合も重々覚悟して置くべきだと、駄目押していた。米子が彼以外の作家に、一人も面識ない様子も、参六に好感与え、キャバレーにいるとは云わず、上京後神田の叔父の家に居候し、月々親許から仕送りをうけ、目下図書館や私塾へ通つたり勉強中と、まことしやかな嘘つかれ、それを又頭から真にうけたりして、老いたるやもめ男は、生得眼尻りの下つている面構えを、いよいよたるみ加減、食堂を出ると、米子には始めてな熱海見物にひつぱつて行つた。酒の消費額では、日本一と称する温泉場は、彼女が少しの間働いていた山の中のそれとは、較べるべくもなく繁華を極めたものであつた。海岸の防波堤近くを、細かく刻んで、油で揚げたものなど口に入れながら、二人はぶらぶら歩いてゆき、高層建物が切れ、そこから上り坂にかかるところで、参六は指のつけ根が一つ一つくぼんでいる、ふつくらした女の手をとつた。すると米子は、薄化粧の頬に、ほんのり血の色浮かせ、握られた手を聽て子供つぽく、振り出していた。出鼻の崖沿いから、山側の方へ上り、赤い枯芝の中をのぼつて行つて、平になつている松の根方みつけ腰をおろし、二人は下げてきた蜜柑など頬張り出した。日暮れ間近かの海面は、バラ色に染まり、遠く近く黄金色した船影をも数えられた。ひと休みして、立ち上り際、参六は乱暴に女の唇を求めた。拒みはしなかつたが、すぐあと、米子は、ケッケとほき出すように笑い出したりした。その日は、小田原から、二つ東へよつた国府津駅のプラットホームで別れ、年を越して正月三日に、彼等は示し合わせ、東京・神田駅で逢つていた。叔父の家から、出てきたことになつている米子は、頭髪を安物のかつらじみた桃割れにゆい、ぺらぺらな藤色した短かい羽織ひつかけ、幾度も水をくぐつた白足袋に、鼻緒の赤い草履穿きといういでたちで、ひと目みた参六を、辟易・戸惑いさすに十分なものがあつた。が、こつちも、それと敗けず劣らずの、袖口がすりむけた出来合いのオーバー、五十面にない草色の背広着て、ひびのいつた兵隊靴穿く、何んとも形容に余る恰好であつた。としは二十以上違つても、背丈にそう高低のない二人は、地下鉄で上野へ出、田舎者同士らしく、あれから歩きどおしで浅草六区へ来、腕組合わせたりして、サーカスの看板見て廻わり、あちこちうろついた挙句、隅田川くだる蒸汽に乗ろうという訳であつた。参六が、吾妻橋のたもとで、ひと山三十円の屑蜜柑買い入れ、そいつを走り出した汽船のデッキに立ち、彼等はむしやむしやたべていた。風もない、よく晴れた大空のもと、河面はまどろみ、鷗《かもめ》がチラチラ飛んでいたりした。すつかり、正月気分めかし、米子は傍をすれ違うボートへ、小手を振り、バイバイと筒抜けた言葉放ち始めた。ボートの中の青年など、始め面喰らつたが、苦笑して向うも彼女にこたえるような素振りをみせる。これに気をよくし、すれ違うボート毎に、米子は手を振り、バイバイという調子で、自分は全然無視されたかと、隣りに突つ立つ参六は、段々泣きつ面となり、口尖らして彼女に文句をつけ出した。で、いつたん、米子は思い止まる風していたが、大きな橋の欄干によりかかり、間もなくその下を通り過ぎようとする、蒸汽見おろしていた金釦に眼が止まるや、又彼女は左手を上げた。参六が、ムキになつてみせても、彼女はまともにとり上げようとはしない。女をデッキに残したまま、彼はプリプリしながら船室へ降りて行つた。

終点の浜公園で降り、枝ぶりの妙な小松の多い間をとおり、大小様々な汽船の停泊している海を目の前にした岸壁へ、並んで腰おろした。春着飾つた若い男女や家族づれが右往左往しており、もみ上げの白くなつた頭と桃割れを、通りすがりジロジロのぞいて行く一対もあり、参六はここでも白茶けた気分買つてしまい、長くも居られず、米子を引き立て、小松の間や池のふち通り抜け、公園の出口の方へ、歩いて行つた。間もなく、どぶ臭い堀割り沿いの道路へかかつて日も暮れ、いつせいに、あくどい色とりどりのネオンが、遠く近くきらめき出した。新橋駅近くへ出、小さな料理屋に這入つて行き、二階に丸窓などしつらえた、たてつけの悪い、畳表がザラザラしている四畳半へ通り、やれやれと参六は大胡坐《あぐら》であつた。あとから、神妙に上つてきた米子も横つ尻の、まがいものにきまつた紫檀のテーブルに片肱突き、一寸肩で息するような工合である。女中の持つてきたちようしや、酢のものの皿その他並んだところで、両人改めてテーブル挾んで向い合い、互いに酌など始めた。二本目にうつるより早く、日焼けしたやもめ男の赫つ面は、みるみる火がついたようになり、落ちくぼんだ眼の玉まで、まつかになつた。米子の方は、飲み方も少なく、さして色にも出ず、ヤニのこびりついているような細い眼が、いよいよ糸の如くなる位である。二本目が終りになる頃は、酒に弱い参六の舌先きまでもつれ出すふうで、そのうちいきなり両腕のばし、女を手許に抱き寄せようとしていた。そいつを上体うねらせざま振り切り、胸もと併せて坐り直し、バツ悪げに顎から上をオーバーの襟の間へ押し込むようにしている参六へ、ぴつたり膝頭向け、米子は多分に切り口上で、始め手紙に書いた如く、こつちは小説の指導者として交際してもらいたいだけなのだ、人間としての参六は、書くもの通して、実際ぶつかつてみても好きではない、いい年していてその助平根性が一番いやだ云々と、意見とも何んともつかぬことをきりきり述べたて、うんともすんとももの云わぬ相手に更におつかぶせるように、男と女の付き合いでなく、師弟としての交りをこそと、しまいには多少口説口調じみていた。顔色なくしたまずい面、渋々おこした参六はそこにも二三本白毛のちらつく薄い眉のつけ根に深い縦皺つくり、眼の裏から相手をみるような弱い眼つきである。しッぽ垂れてしまつた犬の頭でも撫でるような声色使い、自分には今他頼る師としては、何んと云つても参六しかない、是非その方面の力となつてもらいたい。——自分のことを小説に書いてみる気はないか。それを読めば、先生がどんな気持で、自分に対しているか、手にとる如く解るだろうから、などと米子はいい出した。痛し痒しの面持で参六も同意の返答洩らし聽て女中が勘定書持参すると、米子はこつちの受持ちとばかり、きつぱりした口利き、ナイロンの紙入れの底まで払つてみせたが、四百円ばかりどうしても足りなかつた。

「松」がとれると間もなく、のつぽうの大学教授は、まつ昼間から、米子をキャバレーより連れ出し、外国映画を一緒にみての帰り、浜町へんの小待合へ、彼女を同伴した。共々泣いたり笑つたり、或は踊つたり、現に人形町通りを歩いてくる途中、中年男へしなだれかかるようにしていた米子は、落松葉敷いた庭を障子のガラスごしに眺める六畳へ通されると、ひとが変つた如く、五体を硬直させ、細い眼のまなじり吊り上げ、先方がいくらすすめても、座蒲団ひとつあてがおうとしない。二度結婚式を挙げたが、いまだに処女である三十女には、生れて始めての場所へ来、そこで繰り拡げられる筈な光景がありありすると同時に、胸先が凍りつき、小刻みな慄えが、背すじに集まるようである。キャバレーにおける日頃の振舞いから、まさかそれとは察しがつかず、教授は悪い方へばかり解釈してしまつて、甚だ気詰りな顔つきしいしい、そば色のちよこをあけていた。とつてつけたような仕方で酌する度、米子は相変らず、ものおじした眼色をみせる。下手に、強引なまねして、引つ込みがつかぬ結果となつてしまつたら、などと弱気に、学校の先生は己が面子大事にし、きて一時間とたたず、すごすご小待合を引揚げて行つた。米子は米子で、これ又肩すかし喰つたような、何やらふつ切れない面持ちで、あとからついて行つた。都電の停留所へいき、そこで二人は飽気なく別れていた。電車の中でも泣き、降りてからも泣き、眼の中を充血させながら、彼女は白ペンキ塗りの大きな店へ帰ってきた。

それから四五日し、米子は腹をこわし、近くの病院へ入院した。教授に手紙すると、のつぽうの中年男は、顔出したが、僕と君に何の立ち入つたかかわりがあると、云いたげなもの腰示して鐚《びた》一文見舞金置いても行かなかつた。退院後、一寸したことから、キャバレーの主人と衝突し、こつちから暇を呉れと強情に云つて、神田駅へ一時預けした折は一つだつた風呂敷包が、今度は三つになり、両手に下げて、米子は足掛け六ケ月いた「キング」を出て行つた。そして、その日のうち、洲崎遊廓に近い、露地裏の小料理屋を探し当て、住みこんだ。

したは土間で、地面に脚を通したテーブルが四つ五つ並んでおり、二階は小間が三つあるだけの、女給はそれでも五人ばかりいて、いずれも三十前後の年輩、和服洋服いでたちさまざまだつたが、一見酌婦みたいな連中であつた。きて間もなく、老猾な女将のはからいで、そこの常連の一人と、米子はそんなに酔つてもいなかつたが、いとも簡単に長くなつてしまつた。相手が、正銘の処女と見てとつたところで感嘆のあまり、一生世話してやろう、などと常連が口走るのを、米子は半分うつつにきいていた。翌日、男は、彼女を、東京湾の泥海が見おろせる、小さな旅館に連れて行き、三四日入りびたり状態続けた。一時は、仲間と一緒に、相当手広く繊維方面の商売していたが、不況続きでたちまち左前となり、会社は解散を余儀なくされ、自分一人渋谷へんに貸事務所の一室借り受け、目下再起のことに奔命中の男は、一週間と米子を旅館へ置くのも覚束なかつた。既に四十をとつくに越した世帯もちで、家には女房も高等学校へ行つている子供もあつたりした。事情打ち明けられてみると駄々こねてもいられず、事務所に近い渋谷の、盛り場にあるカフェへ、又米子は住みこんでいた。家庭があつて、懐工合のよくないひとと関係続けて行くには、勢こつちが自活するより路はなしとも、彼女は観念した。朝、九時過ぎに起き出し、店や女給達の居どころなどひと通り掃除すれば、あと晩の四時頃まで、無断外出が法度となるだけで、寝ていようと何していようと勝手な時間であつた。落ちつくにつれ、米子はちやぶ台の上へ原稿用紙など拡げ出した。いつたんペンをとると、澱《よどみ》なく書けて行くような調子があつた。

神田や深川の店より、客種もよく、客足も繁く、酌位するだけで、毎晩千円近くのチップにありつけた。背たけは、米子とそう違わないが、肩幅が広くがつちりしていて、いくらか薄くないなつた頭髪を七分三分に分け、眉が太く、二重瞼の眼に特徴のある男は、あかのついていないワイシャツ着、ズボンの折目のぴんとしている背広姿で、ちよいちよい現われ、ビールの一二本のんで行つた。姿をみせないと、翌日米子が事務所へ電話し、小一時間ばかり外での逢う瀬をつくつたりしていた。原稿執筆もはかどり、二篇ばかり小田原へ送つたし、些細ながら貯金も出来、男は近くにいると、かつて覚えない居心地のよさに、米子はのんびり、その日その日を暮らしたが、あることから、ロイド眼鏡かけた主人と云い合いを始め、彼女が折れないので、先方がそこにあつた十露盤《そろばん》振り上げる剣幕に及ぶや、米子は一寸身をかがめ、暇を貰うと居直つていた。カフェを出、事務所に電話したが男は不在で、少しばかりの荷物載せたタクシーを世田谷へんまで走らせ、うまいこと、権利金なし二度たべて月七千円也と云う下宿代の、細長い二階建の家を見つけ、そこの六畳に納まり一息ついた。ここなら、男は好きな時こられるし、読み書きの勉強も十分出来る、向うひと月ふた月、自分で結構まかなえる位の金を米子は持つていた。その晩に、例の如く、寸分すきのない恰好してやつてき、四十男は泊まつて行つた。

十日以上して、ざつと半年振り、彼女は小田原へ出かけた。ひよッくり、駅の近くで、参六と鉢合せしていた。

水色の、袖の詰まつたスプリングコートひつかけ、肉色のストッキング、飴色の中ヒール穿いて、ベレーはなし、うしろへ少し垂らした髪の毛の先を、大きく縮らす米子を、暫く振りにみ、参六はしばしわが目を白黒させた。紛う方なき夜の女をそこに発見し、少なからず狼ばいしたようである。なりふりは別条、眉から額へかけての、アザのような翳が跡形なく消え去り、その点いやな曇りはなくなつたが、顔全体心持ちふくらんだようにしまりを欠き、すつと通つた鼻すじまで幾分低くなつた感じで、ヤニでもこびりついているような眼の縁は依然たるものながら、今しがた房事を終えたばかりとあるみたいな、黒眼の溶け方である。三度目に寄越した、自叙伝風な原稿で、その生い立ちから、東京へ出てくるまでのしかじかは、大体承知し、キャバレーにいたのを、叔父の家の食客とだまされた手前など、参六苦笑したことだが、神田からどの方角へ消えたか、さつぱり知る由なかつたのであつた。すつかり変つた女の姿、まのあたりにして、共々歩き出す早々、参六は疑問を露骨に追求する口つきとなつた。米子は、案外にけろつとした面持ちで、ひとごと然と、深川の小料理屋で、男と出来てしまつたてんまつ一切、明らさまにしていた。次第をきいて、二三回、彼女からつまらぬ不覚とつたためしのある参六は、みるみる臓腑まで白ける思いしたが、そこは五十面下げた人間らしく、一応さり気なく、女と話の辻褄合わせる模様であつた。

太い葉桜の並ぶ、城趾の濠端へ出、二人はゆつくり歩き出した。

「先生、送つた原稿、読んでくれた？」

三十女は、流石に声帯まで、変つてはいなかつた。

「ああ、読んだ。」

気のあるような、ないような、ぼそぼそしたもの謂いである。

「二つとも？」

「あ、両方みた。短かい方は、独り合点で、書いてること柄がよくのみこめなかつたが、自叙伝みたいな方は面白かつた。」

「そう。あれ、わたしも一生懸命に書いたんだけど。」

「しかし、生れた時から、東京へ出るまでの、二十八九年間を、五十枚と少しに纏めるなんか、無理だつたね。――一寸筋書読まされるみたいだね。」

「そうねえ。」

「うまくまとめてあることはあるんだが、五百枚千枚に書ける材料だね――何しろ、君が生れてこの方のことだからね。」

段々、参六の口に熱が加わると、米子も素直に頷ずき始めていた。

「話を五つか六つに区切つて、それぞれ百枚位に仕立てたらと思うんだが。」

「そうねえ。わたしやつてみるわ。」

「兎に角、斬れば血の出るような材料だ。――捨てるには惜しい。」

「書くわ。いいもの出来たら、先生どこかへ紹介して。」

「ああ。が、まあ、そう泡喰うこともないじやないか。」

大きな食堂の階下へ行き、ビールを一本のみ、寿司を喰つて、そこを出てから、二人は海岸の方へ廻つた。風も波も死んだようで、初夏とはいえない位、蒸す晩である。砂浜を歩きにくがり、米子は靴をぬぎ、片手にぶら下げた。

「君は少し太ったようだね。」

「あの人とそうなつてから、太り出したの。」

「ふ、ふん、太るのは痩せるより結構だろうが、先方が女房子あるというんじや、この先話がややこしくなりはしないかな。」

「おまけに、あの人、再起の途中で、わたしなんかに、ゆつくりかまつてもいられないところだし。」

「下宿へ、やつてくることはやつてくるの？」

「ええ。殆んど毎晩ね。だが、目にみえて、手もとが詰つてきているようなの。麻雀やつて負けたから、千円貸せなんか、いい出す始末なの。」

「君に、千円ね。相当の年輩でいて、ね。」

「ええ。五日ばかり前、一万円の小切手をもつてきて、やるというから、だまつてもらつて置くと、翌日になつて、あれは×日にとれるから、五千円今何んとかしてくれというの。昨日の今日だし、変だと思つて、小切手みてみると、日付を書きなおしてあるのが、ちやんと解つたわ。」

「不渡りを握らせ、それじやまるきし、サギ行為じやないか。悪縁だつたな。」

と、参六は、一緒に歩いている女を、穴へでも突き落すような口つきしていた。

「洲崎の女将の口車にのせられた訳じゃないけど、いまだつて、ちゃんとした恰好しているし、それほどの困り方するひととは思わなかつた。ひとは、みかけによらないものというけど、本当ね。」

「東京の人間は恐ろしいよ。せいぜい、その男の喰いものにならないよう、今後共要心することだな。」

「床へはいつてからも、素ッ気ないものなの。やつてしまうと、ぐつたりと、腰が抜けたようになつてしまつて、わたしがまつわりつくようにすれば、うるさいッて、突きとばしたりして、向う向き、朝方まで眠つてしまうの。男ッて、みんなそうしたものかと思つたんだけど、わたしもの足りなくて仕方がない。」

「そりあ、ひとによつて、多少の違いはあろうが、愛情の問題だな。君が処女だつたというんで、一時熱くなつたが、今となつては一寸。」

「鼻につき出したつていうの。――そんな筈ないわ。あんなに素ッ気ないのは、あの人の商売柄のせいだと思うの。実業家や政治家なんてものは、みんなああじゃないかしら。線の太い、何んでも割りきつて、もの事処理する人間なんだから。」

「そういう人種に、細かな心遣いが少ないことは解るが、好きな女と一緒に寝てまで、ことを事務的にかたづけ、余計な手間をかけないなんて、どうかな。――愛情の問題だな。」

「そうか知ら。わたしは、わたしなりの夢をあの人に持つているの。千円貸せも、不渡り小切手も、それとは別だと思うの。あの人が、立派に立ちなおれば、そんなこと向うからいう必要もなくなるだろうし、今お尻に火がついている際中だから、わたしと床にはいつても、こつちをたんのうさすまで、気をくばる余裕ないんだろうと思うの。——あの人、キメは荒そうだけど、決して悪人じやない。疲れ切つているだけなんだわ。」

「大変な執心だね。——処女を提供した相手は、大体いのちとりになるというからな。」

参六は、いがらッぽく、口を尖らしていた。そんな文句は、空耳にきいて、

「あの人、今百万円つくる為め、奔走中なのよ。」

「君に千円貸せなんていう男が、百万円ね。」

「繊維の方をやる前、長い間山師みたいなことしていたのね。大島よりずつと向うの御蔵島《みくらじま》と云う島、木が沢山繁つているんですつてね、資金を調達し、その島へ行つて、木をきり出し、ひと儲けしようと、計画しているの。百万円出来次第、出かける気でいるんだけど、その時はわたしも一緒について行くことになつているの。」

「ふん。御蔵島は、東京から百里以上、離れているんだ。君は船は大丈夫かね。」

「バスへ一時間乗つても、酔つてしまう位だから、とてもいけないわね。でも、酔つたら、体格のいいあの人の胸に抱かれて、介抱してもらえるから愉しいわよ。ホ、ホホホ。」

その夜、参六の紹介で、小屋から近くの旅館へ行き、米子はおそくまで、原稿用紙に向つた。彼女はにんしんしてはいなかつた。翌朝、参六がのつそり顔をみせ、かたづかぬ気持で、米子

を箱根の湖畔あたりへ案内していた。

その夜、世田谷へ帰り、渋谷の事務所へ、電話してみると、男は引き払つたあとであつた。即刻、米子は訪ねて行き、男の住所糺《ただ》したが、全然雲を摑むような結果で、泣く泣く下宿へ帰り、三四日ばかりは、安いことも安いけれど、いつも、いやな匂いのするメシがのどを通らず、起き上る気力もないまま、殆んど床の中で、涙臭く暮していた。が、いつまで、そうもしておられず、米子は冬物等を纏めて、質屋へ担ぎこみ、番頭からいい値の半分ばかり受けとり、下宿代を清算し、あの人がみえたらよろしく連絡頼むなどと、女将にいい置いて、単衣ものや何かを一包にしたものかかえ、小田原へやつてきた。神田駅に降りたその足で、キャバレーへ住み込んだかつてのでんで、駅前の電車通から一寸はいつた、小さな食堂とものみ屋ともつかぬ平家建の店へ、表から入つて行つた。廂の長い日よけ帽をかむり、卵色のフレンチに、白のスカート、安物の靴穿いて、心持ち胸をはり気味、大股で水色の暖簾くぐる米子を、通りすがり、ひよいとみかけた参六は、言葉をかける代り、反対の方向へ顔をそむけ、行き過ぎていた。東京と異り、小田原へんでは、紹介者もない、どこの馬の骨とも知れない女など、滅多に雇うところはない。暖簾の中から出てきて、今度は電車通りの、二階建でかなり整つた店構えのカフェに目星つけ、勝手口へ行つて、求職の相談もち出したが、玄人上りと覚しい女将から、ていよくことわられた。日ざかりの往来を歩いていると、目まいまで催すようで、それからまつすぐ、一度泊つたことのある、海を正面に一望する旅館へ上り、二階の四畳半へ、ひとまず米子は落ちついた。海面吹いてくる風うけて、知らない間にうたた寝したりして、夕暮れ近く、藍の香の新しい、花模様のゆかたを着、顔の手入れも済ませ、円いうちわ動かしながら、米子が訪ねてみると、屋根もぐるりもトタンに囲まれた狭いところへ、参六が大の字になり、横たわっていた。昼頃、駅前でみかけたなどは、おくびに出さず、顔全体皺ッぽい面相崩し、一応愛想よく米子を招じ入れ、二人共押入れの板戸へ、背中をもたせかけるような恰好しいしい、話出した。彼女は、早速、男が姿を隠した次第述べていた。聞き手は、それみたことか、いつそわが意を得たりというみたいな顔つきである。が、米子は、だからといつて、今すぐ男を諦める訳には行かないけれど、ところが変つたら、気分も多少は引き立つだろうし、一つには避暑がてら、小田原に勤口探し、当分働いてみたいと洩らし、先生の近くで暮らせれば何かと力強い、ともつけ足した。参六は、それに生返事より与えず、そうこうしているうち、頭髪を流行のヘップバーン・スタイルにし、赤い靴穿いた二十二三の小柄な女が、小屋を訪問していた。初対面の顔にひき合わされると、そばから米子は上ッ調子な口利き出し、都会育ちに似合わず、内気な方で、てきぱきものがいえない相手を、どぎまぎさせた。暗くなりかけたところで、参六は二人の女を行きつけの食堂へ連れて行き、寿司など喰つて、城址のまわりをひと廻りしてから旅館へ引き揚げ、小柄な女を米子と襖一つ距てた隣りの部屋へ、泊まらせることにして自分は小屋へ引き取つて行き、間もなくしきたり通り、蒲団や枕など外へ担ぎ出し、廂下へ寝床を造つた。寝ながら、頭の上に星をみて、南京虫の襲来する心配がない、涼しいこともトタン屋根の下とは較べものにならない、一度味をしめたら忘れられぬ野天の床であつた。しかし、寝ている顔に雨がかかり、起こされて、あたふた蒲団など丸め小屋へ駈け込む図は、およそ目も当てられないものがあるようであつた。

米子は、ひとりになると、ちゃぶ台へ原稿用紙拡げたが、もの書く根気もうせたらしく、そのまま隅の方へ押しやり、彼女にしては早寝の、十時前というのに、寝床へ這入つていた。かすかな浪の音も、耳について眠りにくく、寝入つてからも、度々胸部に故障の出来たらしい咳して、隣りの女の安眠さまたげがちであつた。

翌朝、早くから、参六が旅館へ赤い靴を呼びにき、連れ立つて、箱根の湖の、かつて米子を案内した折とは反対側になる、湖尻あたりを歩いたり、木蔭に寝ころんだりして、バスで山から帰つてみると、小屋には米子の風呂敷包に、一通の置手紙が、残されていた。老若二人が出かけたあと、俄に彼女の気が変わり、世田谷の下宿へ舞い戻つて行つた様子であつた。

約一ケ月後、長野市の△△寺から、米子は参六へ便りしていた。終戦前、牡丹江の旅館へ、形の上では夫に相違なかつた青年を置き去り、まつすぐ駈けつけたことのある、ゆかりの土地で、今度は新興宗教の本山に職を得、下女同然立ち働いていたのである。

八月末に、長野から、参六へ又便りがきていた。帰りたいが旅費がない、くにへいつてやつても、あの人に頼んでみても、返事一つ寄越さない、先生だけだ、是非。とある文面に、折返し参六は、千円紙幣を手紙と同封して送つたが、たしかに受け取つたとも何んとも、長野から挨拶なく、月が九月に変つていた。

○

午過ぎ、外から帰つてくると、小屋の中に米子の姿がみえた。ゆかたがけで、柿色の伊達巻しめ、畳の端へ横ッ尻に坐り、雑誌をペラペラめくつているところであつた。きているな、と多少頬を硬くしながら、参六は梯子段を上つて行つた。

きちんと坐り直し、指のつけ根にくぼみのなくなつた両方の手の先きで、赤い畳の表を突き、

「この度は、いろいろ、ご厄介になりました。」

と、米子は、鹿爪らしい口上である。参六は、テレ隠し気味。

「見違えるばかり、丈夫そうになつたじゃないか。」

「ええ、太ることは又太つたわ。」

角ばつた顔が円くなり、おしろい気もなく、おしろいやけもみえず、小麦色に日焼けした面相は、広い額のあたりまで冷たい影が消えうせ、昔に還つて、野良仕事にでもいそしんでいる百姓女然とした趣きで、さのみ空腹覚えてもいなそうであつた。

「十時に着くこと、先生駅できいていたでしよう。——わたし、逃げたのかと思つた。」

「まさか。——長野はどうだつたね。山にひと夏避暑していたなんか、中々しやれてるね。」

「いいえ、わたし、本山の庫裡《くり》で、まつ黒になつて、働き通しだつたの。本を読む間もない位で、

その代りいろいろ気は紛れて、助かつたわ。」

寺での話は多く語らず、

「あれを着て。」

と、云つて、押入れの釘にぶら下つている、前を併せて紐で結ぶ、朝鮮人の着るような上着に、同じ白木綿の、地の厚ぼつたいモンペを、ちらつとヤニ臭い小さな眼で示し、

「長野から、ずつと歩き通しで、ゆうべ塩尻まで来たの。途中、トラックに乗せてもらつたりしてね。——田毎の月で有名な山道なんか、とても景色がよかつたわ。」

「ほう。——俺も健康に自信があれば、そんな道中をしてみたい。——で、これから、どうするつもり。」

と、押入れの板戸へ、背中おしつけ、胡坐かいたなり、参六は真顔になつた。

「くにへ帰つてみようと思つているの。」

万策尽きたのだ、と読みとれる重苦しげな翳が、ちらつと日焼けした彼女の顔面、掠めた。

「くにへ、ね。旗を巻いて帰るという訳か。」

と、参六も、痩せこけた馬面きしませ加減。

「それがいいかも知れないね。君はまだ若いんだ。一時、帰つて、又出直したつて遅いことはないね。読み書きの勉強は、うちでも出来る。」

皆まできかず、米子は上体突き出し、肩先を子供つぽく揺りながら、

「先生、わたしと一緒に、くにへ行かない？　上野を今夜たてば、明日の午頃には着いてるわ。ねえ、そうしない？　中尊寺は近くだし、松島見物も、わたしご案内するわ。お父さんは、お人よしで、客好きだから、喜んで先生を歓待すると思うわ。丁度林檎や柿やいちじくも一度にとれる時期だわ。」

などと、米子は、小さな眼の底焦げつかせるばかりにしていた。

「あのへんは始めてだ。一緒に行つてみようかな。——二人連れなら、汽車の中も退屈しまいし。」

「え、そうして頂戴。それに、わたし何んとしても、ひとりでは、うちの敷居がまたぎにくい。」

働きのない父親は別として、口も八丁手も八丁の継母、腹違いの利巧な弟に、髪をお下げにしている新妻など住まう門構えの農家は、大手振り振り今の彼女が入つて行ける場所ではない。

「迷える子を、送り届けがてら、ひとつ見物してくるか。」

参六が、乗り気とみると、米子もやいやい誘いの言葉を連発するので、段々彼女との同行がわずらわしく、そんな役を買つて出るなど、腑に落ちない、いつそ道化じみた恰好のものにもうつり出してき、いつたん上げかけた参六の腰に、又根が生えてしまつた。そうなると、何んといつても米子の手には負えなかつた。

「じや、わたし、行くわ。」

と、彼女は、露骨に鼻白ませていた。

「どこへ行くと云うんだね。そう、足下から鳥が立つようにしなくつてもいいじやないか。夕方になつて、いくらか涼しくなつてからでいいじやないか。」

「いいえ。」

「行くつて、これから、田舎へ帰るのかね。」

「東京へ行くわ。――世田谷の下宿へ寄るわ。」

急に風向きの変つた女は、押入れの板戸をこじあけ、置きぱなしにしてあつた、小豆色の風呂敷包ひつぱり出した。参六の頭に『例の男』のことが、瞬間閃いたが、それと口にのぼせず、海の方へ足をのばし肱枕となつた。着ていたゆかたを、藤の花房垂れる銘仙の単衣に着かえ、背中へ金物で出来た道具を挾んで、赤味の勝つた帯を太鼓に結び、その恰好参六にはかつたりして、わりとだぶつかず着付を終つて、もとのところへ坐り直し、

「先生と又当分お別れね。」

と、声色かすませ、やや思い入れのていである。

参六も、姿勢をもと通りにした。

「ああ、だが、あんまり急だな。」

「先生は、このまま、ずつとやもめで暮らすつもりなの。」

横眼づかい、米子は相手の眼の中を刺すようにしていた。

「まあ、ね。何んとしても手遅れだしね。——としはとつちやつてるし、血圧は高しね。」

そうはいうものの、己が鼻下の長きを如何せん、とばかり、参六は白毛のちよろちよろまじり出した眉を顰め、半泣きという相好であつた。

「この先、十年も二十年も暮せるわけじやないし、先生は何の準備もしてない。」

と、高い鼻の先で、そこにある、インキでよごれたビール箱の机や、板の上におつ立つている太目のローソクなど、一々つつ突くようにしてから、

「先生には、どうしても一緒になりたいというひともいないのね。」

「まあ、ね。」

と、あいまいに云い、参六は、痛いところに触れるなと呟くが如く、憮然として伏目になつた。それがかえつて、米子の口に勢いを添えたらしく、

「先生は、わたしのことを、ぽつと出の田舎者が、東京の渦に巻きこまれて、何んとかと、いつか小説の中で、二三行書いていたわね。」

「うむ。」

米子は、肉づきのよくなつた顎しやくり上げ、

「先生、わたしを軽蔑している？」

と、眼顔で、鋭く詰め寄つていた。

「いや。——俺も何度か、自分と云う者に、愛想をつかしてきた人間なんだ。」

と、参六は、満更でもなさそうな、言葉遣いである。頷いて、米子は、ほつと顔面和ませ、白木綿の異様な服も、一緒に風呂敷へ包み、長野から穿き通しだつたズックの短靴の代り、参六のチビた杉の駒下駄突つかけ、ひと足先、小屋の梯子段降りて行つた。

初秋とは云え、日ざしは真夏と少しも変らない。小屋の横手で、追いついた参六は、ひと目もかまわず千円札握らすと、東京までの汽車賃で十分、とくどく云つて、米子は彼の半ズボンのポケットへ、紙幣をねじ込んでしまつた。いずれ、そつくり返済するつもりだが、これ以上迷惑はかけられぬ、などと至極綺麗な彼女の申し分に、連れ立つて熱海へ行つたり、隅田川くだつたりしたことを書き、だまつて稿料せしめている参六は、顔も上げ得ないていたらくであつた。

昔の東海道横切り、簀の子の屋根をつらねる商店街の下駄屋から、鼻緒の青い安下駄求め、その場で米子は穿き換えた。

途中、菓子折を女に持たせ、まつすぐ歩いて行つて、赤い葉つぱのつき出した桜の並ぶお濠端へ突き当り、濠沿いに曲つて、又並び始めた家ごみの中の食堂へ寄り、二人して親子丼喰つてそこを出かけ、参六は三百円、彼女に手渡しした。

「本当にそれだけでいいの？」

「ええ。ありがとう。お土産まで買つて頂いて、嬉しいわ。」

「遠慮なんかいらないんだよ。」

「下宿へ寄れば何んとかなるの。――汽車賃だけで結構なの。」

当人、果して、平泉在へ帰る気ありやなしや、怪しいものと察したが、参六はたつて行く先にこだわる口も利かなかつた。

黒い二つの影法師を、地面へはわせながら、彼等は言葉少なに歩いて行つた。

「先生、又わたしのこと、書いてくれない。」

と、出しぬけ、米子がもの軟かな口つきであつた。

「ありがとう。いずれ書かせて貰うかな。」

「ええ。――わたし、読みたいの。」

二ケ月前、彼女が、駅に降りるとすぐ、大股でくぐつて行つた、水色の暖簾の下つている店先きで、二人は軽い握手をし、別れていた。

その後、米子から、小田原へ、何の音も沙汰もない――。

――二十九年十一月――

# 入り海

十月始めのことである。

外から戻つてくると、小屋の入口で、近所の女将さんが参六をつかまえ、としの頃二十四五の、背のすらつとした、おとなしそうな女が、訪ねてき、不在なので、暮れ方までに帰るかなどと糺していた由告げた。東京者ではなく、多少訛りあり、遠くから来た女のようだ、ともつけ加えた。とし頃は同じでも、四五回逢つている女は、五尺に足りなくて十四貫以上あるデブさんで、外に別に、そんな若い女性から手紙一本貰つたためしない参六は、一寸腑に落ちぬ勝手を覚えるより先、ある種の妙な予感が胸もと衝くようであつた。

二三日して、豊橋から、浅井汐子とある差出人の手紙が、きていた。安ッぽい茶色の封筒、粗末な書簡箋に、字画のきちんとしたペン書きで、自分は参六のファン、近著も図書館で読んでおり、お目にかかりたいまま、出し抜けお訪ねしたが留守、しかし小屋の中に参六がいたら、胸はり裂ける思いがしたろうとあり、勤続何十年かの職工夫妻の養女で、高等小学を卒業後、工場へ行つて、ずつと立ち仕事してきた身、そんなに本も読んでいず、作文のようなものを少々書いたことがあるばかりの初心者ながら、よろしく彼のみちびきを頼む云々と結んであつた。これに、二つ返事で、遠いところから、折角きてくれたのに等々、われながら熱つぽい文句並べ、参六は折返し手紙出していた。まるで、待つていたものが、ついそこまできた、とでも云うような弾み方であつた。生得、眼尻が下り加減に出来てい、五十余歳になりながら、妻子なくやもめ暮し続けている男は、何かにつけ、ひもじい思いを日夜余儀なくなされているようであつた。彼の書くものが、きつかけとなり、人妻、未亡人又は赤い靴穿く文学少女等と、そこはかとない交際を結度、あすこが痛い、ここが悪いと訴える、三十過ぎの娼び、或は魔窟へ行く婦と馴染重ねながら、なお満されぬ内心の空洞如何ともしがたい塩梅式であつた。二十年に近い小屋住い、ビール箱の机は、ローソクのしみやインキのあとで、多年使い込んだ様歴然たるものありながら、当人いまだに独居の明け暮れ、板につきかねるらしく、いくばくもない前途を計算し、老衰病のきざしに鑑み、さては売文と云う浮草稼業考慮に入れたりして、このままひとり身軽にやもめを通し、有料養老院へでも行つて、世を終るにしくはなしと重々分別しているふうで、その実足許甚ださだかならざるようであつた。一度もその顔みたことのない女に、青年の如くそわそわした手つきして、返事書いたりするのも、当然と云えば当然なていたらくであつた。

十一月、しよッ鼻、汐子は再度小屋を訪れると云つてきた。その日、参六は銭湯へ赴き、シミも出来ている皺ッぽい赫ッ面のあか落し、ゴマ塩になりかけたあご鬚《ひげ》なども綺麗に剃つて小屋へ戻り、待つたが女は容易に現れなかつた。机へよりかかつているのも物憂く、すり切れた畳の二畳敷いてあるまん中へんに寝ころび、おあずけ喰わされた犬のような所在ない恰好していた。と、小屋の入口に、控え目なおとなしやかな、若い女の声がした。

「ごめん下さい。」

聞きつけて、参六は、もぞもぞと起き上り、梯子段の方へ、上体差し出した。ほつそりした、胸もとも腰のまわりも、しごいたように痩せ型の、中間色のトッパー、ピンクのセーター、黒いスカートつけた女が、影のように上つてきた。素足に穿いていた、飴色のかかとの低い短靴ぬぎ、女は畳の端へ、きちんと膝頭くつつけて坐つた。指の長い手を突いて、神妙に初対面の頭下げた。

顔も細長く、額が詰り、眉と眼の間せまつてい、鼻すじ口もとちんまりした、総体華奢に出来ている造作のうち、睫《まつげ》の長い、黒眼のかつた、切れの深い眼もとだけ、きりッとした感じであつた。

よごれたカヴァーかけた、一枚きりの座蒲団まん中に、参六は持ち前の、ぼそぼそしたもの謂で、話している裡、彼の落ちくぼんだ眼玉が段々光り出し、ひと目みたばかりの女に、少からず食指動くふうである。かねがね、彼は、痩せたどこか憂いの翳さす細おもての女が好きであり、汐子はその註文に大体あてはまるかのようであつた。

彼女は、水おしろいも塗らず、小麦色した頬のあたり、微かなソバカスが、落葉のように散っており、薄い小さな脣《くちびる》へ、紅だけさしていた。ここ一二年、参六の書くものは殆ど読んでおり、相手の顔形始め、グラフなどでとくと承知の女は、改めて実物をまのあたりにし、別段裏切られた感もしていないようであった。

汐子は、手土産の菓子折と一緒に、半ペラの原稿用紙とじ合わせたものを「作文」と自称しながら、前へ出した。甘党の参六に、豊橋名物の最中贈り、二十四五枚の「作文」には彼女が勤先の工場主の弟に、無理矢理手ごめにされる話と、彼女を好いて彼女に振られた同じ職場の男が、酔わして置いて意のままにするくだりとを、一つに纏めた私記の如きが綴られてあった。その場に及ぶと、案外安々、先方の望み通りになる女の弱腰が、言外に出ていた。土産物や原稿を押入れにしまってから、参六は汐子を促し、小屋を出た。火鉢ひとつない居所では、来客に茶振舞う由もなかったし、雙方《そうほう》格別テレも固くもなっていないにしたところ、若い女と文字通り鼻づら突き合わせているのが、彼には荷となってきたからであった。

外は、雲一つない、晴れ上った、暖かい小春日和であった。ひっそりした、ひと通りの稀な、山茶花など垣の間から顔出す、裏通づたい、二人は言葉少なに歩いて行った。ツギの当っているジャンパー、近頃古著屋から求めた紺のズボン穿いて、駒下駄突ッかける五十男と、野暮ったい短靴の女は、背丈だけは似合いの一対のようであった。参六は、馬のようにぎごちない歩き方し、汐子は靴は不馴らしい内股で、左のかかとが幾分靴摺し、引摺り加減にしていた。

「君は、みたところ、女工らしくみえないな。体つきからして、ね。どの位目方あるの。」

「十貫切れます。」

口数の少ない女は、としらしく、細い含み声していた。

「成程ね。痩せているし、骨細そうだし、その体でよく荒ッぽい仕事が続けられたものだね。」

「ええ。」

と、汐子は、睫の長い、くりッとした眼を細めて、まだ生毛の残っていさそうな女の如き微笑した。眼だけで笑つて、顔つきかえず、声もあまり立てない彼女持ち前の笑い方であつた。

「養女だそうだが、いつ頃から貰われてきたの。」

「生れ落ちるとすぐです。わたしの母は、芸者していたそうで、わたしが生れると体を悪くし、お乳も出ず、育てられなかつたので、今のうちへ貰われたんです。」

「で、君、可愛がられて大きくなつたの。」

「ええ。一人ッ子でしたから。殊にお母さんがいいお母さんで。」

芸者の腹に生れ、他人に引取られた彼女の生い立ちは、貰われた先に、実子がなかつたところから、比較的幸運であつた。

「小学校出るとすぐ、工場へ働きに出たんだね。」

「ええ。」

「じゃ、十年以上、働き通してきた訳だ。」

「十五六の時、一時『新劇』に熱出して、家を出たことがあります。豊橋に『ドン底』が、東京の劇壇の人でかかつたんです。前売り券買つて、みに行つて、すつかり感心しちやつて、土地の新劇研究所へ住みこむまでになつたけど、終戦直後の食糧難で、そこで、三度三度お芋ばかり食べさせられ、すつかり栄養失調になつちやつて、うちへ戻りました。」

「ふ、ふーむ。」

「その後、二十の時、一度家を飛び出し、東京へ行つたことがあります。前後、五日間ばかりでしたけど。」

「親に相当手を焼かせているんだね。――今はずつと工場へ？」

「ええ。ここ一年ばかり、陶器工場へ行つて、仕上げの方の仕事しています。薬品溶かした水で、出来上つたものを洗う。」

「その割りに、君の指は太くも荒れてもいないようじやないか。」

「ええ。」

「養女でも、一人ッ子なんだから、養子をとつて、いずれうちを嗣ぐと云う順序になる訳だね。」

と、表面さり気なく云う参六に、汐子は一寸頷いてみせたが、その眼はぎくッとした如く、鋭く相手の横面へ注がれていた。

暖かい日ざしに、とろけるような路は、競輪場の傍を過ぎると、段々ゆるい登りになつた。

ズボンのポケットへ両手突ッ込み、爺むさく背中丸めて行く参六に、黄色い小さな風呂敷包かかえた汐子は、長い頸すじ縮め、前かがみになつた姿勢で、寄り添うようであつた。

丘を登り、赤くなつた葉ッぱつける桜の並ぶ貯水場の広場横ぎり、突き当りの樫の木林へ這入つて行つた。落葉踏みつつ、木の下の草むらへ来、参六は大の字なり、ひつくり返つた。

「君も、横になつたら――。汽車に乗つてきたんだから、疲れているだろう。」

「ええ。」

両手で、頭の鉢かかえいる参六の鼻先へ、折られたように横ッ尻となり、汐子は坐つた。雑草の間から、まだ素枯れていない芒《すすき》の穂が、すつと顔を出したりしていた。

「俺は、午頃も、ここで転がつていたんだ。」

「いいところです。静かで、ひともいなくて。」

「君は、ひとごみがあまり好きな方ではないらしいな。」

「ええ。」

と、眼もとにつこりさせ、汐子は頷いてみせた。小学校では、絵ばかり好きで、外の学科は出来も悪く、毎年落第せんばかりの成績で、いつも隅ッこの方へ小さくなつていた彼女は、工場へ行くようになつてからも、大概ひとの影になつて身を処す、藪猫然とした習性ついてい、根はひとなつこい方でいて、段々ひとづきあいという傾向にある参六と、二人はその点うまが合いそうであつた。

寝ながら「新生」ふかし、参六は樫の木の枝々眺めていた。色づいた木の葉のむらがりが、房の如く、そこかしこに仰ぎみられ、あるかなきかの風うけ、揺れているようであつた。西日のあたるかたまりは、黄金色に燃えていた。

汐子も、すすめられた「新生」を、うわ水でものむような仕方で、喫つていた。

驄て、参六は、体を起こした。

「豊橋には、こんなところはないだろう。」

「ええ。ずつと電車へ乗つて行かなければ。」

「君は、小説は好きは好きでも、働き通しだつたんで、ろくに本も読んでいないそうだが、俺が手をとるようにして、いろいろして上げたいと思つても、一寸豊橋とここでは、離れ過ぎているね。不便だね。」

「ええ。」

と、云つて、間髪入れず、

「うちには、あとをとる弟がいます。」

と、汐子は、大きな黒眼を、開くようにした。

「弟がいるッて。」

と、参六も、皺ッ面もきしめ、

「いくつになつているの。」

「三十二です。母の実の弟なんです。」

「そのひとが、あとをとる事になつていれば、自然君はうちを出て、したいことも出来るッてわけだね。」

「ええ。」

と、汐子は、細い頸すじ折つた。それは、こつちにとつても耳寄りなと、参六は膝頭の向き換えるようであつた。

彼女の実家に、母親の弟が同居しているのは事実であつた。二人は、幼少より兄妹の如く育てられ、弟も汐子同様、学校の出来がよくなく、卒業後やはり働きに出たが、ひとつところへふた月と勤め得ない、生れつきの精神虚弱者であつた。長じて、体だけは一人前となり、丈夫で力仕事させれば結構間に合うが、その外の事は、一切常軌を逸していて、銭勘定始め満足に出来ず、春先になると毎年頭が変になり、いろいろ奇行を演ずるふうで、度々医者の厄介になつたが、なおす薬も術もないようであつた。ふだんは、おとなしく、うちの物品持ち出して悪遊びする癖もなかつたし、彼女には何かとやさしくし、かつて新劇熱にうかされて、骨と皮ばかりに痩せこけて帰つてきた折など、あちこちから喰いもの探してき、彼女に当てがつたりしたこともあるが、所詮一人前の男としては世間に通用しない、表情も死んだように乏しく、間の抜けたような平べつたい顔つきしている三十男を、不憫とこそ思え、これと結婚するなど、汐子には身震いものであつた。したが、両親にすれば、前々からその者と彼女を、一緒にさせる腹であり、本人もそれと承知で、朝晩二人は顔つき合わせているのであつた。養子の病いが、いよいよ不治なものとみえたところで、親共始め、彼女を添わすむごさに気づかないではないまでも、汐子を好きなところへ嫁入りさせるつもりなど、更にないと云ってよく、養子がそうなら、余計彼女を頼みとするばかりらしく、足りない男の思惑より、育ての親のそんな勝手が、弱気な女をとらえ、身も世もないような思いへ突き落したりした。近頃では、親と子の間に、無言の反目嵩じる一方の、折も折、参六の書くもの読み、又その写真をみるにつけ、あだかも助け舟みつけたような気になり、彼女の収入にしては少からざる身銭きり、汽車へ乗って、わざわざ海岸の小屋訪ねる仕儀に到った。当人の文学志望など、謂わば参六へ近寄る一種の口実に過ぎず、実物をみない先から、惚れたの何んのと云うより、もっとのッ引きならぬ気持であった。力仕事だけは達者でも、銭勘定ひとつ出来ない養子より、としとっており、風変りな暮し方してはおれ、余程参六の方が張り合いな人物とうつったのも道理であった。

箱根へ日が落ち、林の中が急に寒く暗くなっていた。

二人は、腰についた葉ッぱ払い落したりして、樫の木林の下を出て行った。

坂を降り、競輪場のあたり過ぎて、

「小屋は狭いからね、君は今夜旅館へ泊ってくれ。ひとりでは困ると云うとしでもないだろう。」

と、参六が、急に云い出した。女の来客を、近くの旅館へ案内しつけている彼であった。

それを不服そうにきき、前の方をむいたなり、少しのためらいもみせず、小さな声で、

「二人で寝た方がぬくいでしよう。」

と、汐子は、云つていた。そのひとことで、すべてを察しとり、彼女の口車へ乗つて、実家にはあとをとるちやんとした男が控えるもの、とそそッかしく早合点してもいた彼は、いつそ思う壺とばかり、

「じや、そうするか。」

と、表面、他意なさそうに云い、

「今日、蒲団干して置いた。丁度いい。」

と、余分なことまで、つけ足した。

「先生が、自分でお干しになつたの。」

「そうさ。他にしてくれてなんかあるもんか。ハハハ。」

参六と反対に、汐子は身につまされた如く、薄い肩口つぼめたりした。

街すじは、すつかり暗くなつていた。けばけばした、ネオンのアーチいくつも並べる商店街の、蕎麦屋へ這入つて行つた。註文した親子丼を、奥歯のなくなつている参六は、もぐもぐ頬張り、汐子の方は、喰いものから眼を一寸もそらさず、真顔になつて、念入りな口の動かし方である。食べ終つた丼の中には、ひと粒のメシも残つていなかつた。

昔の東海道横切ると、屋根もぐるりもトタン一式の、黒く塗つた小屋は近かつた。まつ暗い中を、梯子段登り、マッチをすつて、参六は板の上へ通してある太目のローソクに、火をつけ、

机の上へ載せた。狭い場所は、額なしの油絵などぶら下つているあたりも、押入れの板戸も、隈なくぽつと照らし出されるようであつた。

一枚の座蒲団まん中に、彼は坐りのいい胡坐かき、汐子は細腰を斜めに、楽な坐り方していた。

「静かね。波の音しか聞えない。」

「うむ。夜になると、あたりはいつもひつそりしてしまう。」

ローソクのあかりうけた女の、つまみ上げたように高い鼻先など、参六は盗見したりした。

汐子は、袋から一本「新生」つまみ出し、紅の口もとへ銜えて、ローソク近くへ持つて行き、火がついたところで、参六に持たせた。

「君もやり給え。」

「ええ。」

彼女も一本取り、そいだような頸すじのばし煙草へ火をつけた。かすかな波音が、忍び寄るようであつた。

「君は、昭和の代表作も、ひと通りみていないそうだが、小説は何時頃から好きになつたの。」

「小学校へ行つている時分から。勉強が嫌いで、よく解りもしないのに、変愛小説ばかり読んでいました。」

「ほう、却々《なかなか》ませたもんだね。」

「一時、吉田紘二郎《げんじろう》が好きでした。」

「ふーむ。今は、別にこの人と云う、特別愛読している作家はいないの。」

「ええ。昼間働いて、家へ帰ると疲れが出るし、日曜日も出勤することが多くて、あんまり読む暇ありません。」

「女の作家のもので、好きだと云うのは。」

「別に。」

「それもないのかね。あると、勉強に都合いいんだがな。そう云う人のものを、とことんまで読むのが、一番自分の眼を開くにいいと云われているんだがな。」

この分だと、外国文学は勿論、第一振り仮名なしの文章読んで意味が果して汲みとれるかどうか、甚だ怪しいものと、参六は汐子の無学振りに溜息が出そうであつた。が、彼とて、学校は中学へ、一寸行つたきりの経歴しかない人間であつた。

「ま、イロハから始めるんだね。気長に、焦らずね。」

「ええ。」

「ものになるかならないか、その時になつてみなければ解らないが、好きな路ならおのずと勉強に身がはいるだろうし、いつかは何んとかなるね。」

半分、気休め言葉である。

「お願いしますわ。」

「俺もまだ五年や十年、目は黒いつもりだ。君から教えられるところもあるだろうし、一緒に勉強してみよう。」

「ええ。」

と、睫の長い眼もと時めかせ、汐子はにつこり頷ずいてみせた。参六と云う人間が、いよいよ納得ゆくものとみえたようであつた。

聽て、寝ることになつた。

五十男は、よちよち立ち上り、押入れへ頸を突ッ込んで、ふわり綿のふくらんでいる、日なた臭い敷蒲団ひつぱり出し、畳の上へのべた。すると、机の場所を除き、殆ど空地がなくなり、汐子は身の置きどころに困つてしまつた。

「君は、机の向うにおいで。」

云われて、彼女はビール箱と、魚箱の積み重なつている間の、僅かばかりな空間へ立つていた。参六が、毛布をほうり出すと、その端ひつぱり、二人して敷蒲団へ敷いたりした。二枚の掛蒲団も重なり、どうにか床の支度が出来上つたところで、

「変テコな恰好になるが、笑うな。」

と、参六は、著ていたものをぬぎ捨て、釦の一つよりついていないワイシャツに猿又と云ういでたちに早変りし、飛び込むようにして、床へ潜つた。自分は、座蒲団二つに折つたのを枕代りにし、汐子へはビロードのそれを当てがうことにしていた。

参六の頭から、はすに体の向きを換え、トッパー、セーター、スカート外して、彼女は白い下著一枚となり、足の爪先までほつそりしているしなやかな体を、参六の隣へ、静かに横たえた。

暫く、両人共、息のむ思いで、天井ならぬ、トタン屋根に腹向いたなりであつた。その裡、参六の右腕が、女の頸すじあたりへ巻かれ、二人の体はすき間なく接近していた。豊橋をたつ時から、既にこのことあるを覚悟してきた女は、工場主の弟や、同僚の職工等の場合と異り、いやいやでなく、殆ど抵抗の気振りも示さず、参六のなす儘にまかすようであつた。彼は、半身起こし、机の上のローソク吹き消した。処女ではないが。これまで嘘のように恋愛らしい恋愛したためしなく、好きな男と映画ひとつ見に行つた覚えもない女は、どこか生娘のような肌触り、残していた。

次の晩、彼女は下著の上へ、参六のゆかたまとつて寝た。

○

三日目、汐子が帰る日も、暖かい小春日和であつた。

早朝より、二人は連れ立つて小屋を出、小田原駅から、下り列車へ乗つた。三島で、修善寺行の電車に乗り換え、古奈で降り、長岡まで歩いて、三津行のバスを待つた。鬘かぶり顔をドーランでえどつた映画俳優満載した車が通り過ぎたりしていた。彼等の乗り込んだバスは、遊山客で混んでい、温泉街を離れて低い山間いを行く裡、短かいトンネルへ這入つた。出ると間もなく、岬に抱かれた青い入り海が、湖の如く眺められたりした。バスは、片側に赤い実つけた蜜柑畑の段丘降つて行き、軈て、三津へ著いた。

終点で降り、だらだら坂を登ると、旅館の前へ出、玄関に隣つた休憩所みたいなところへ二人はかけ、食べものを註文した。

前は、波ひとつない海原で、片手で抱くようにしている岬も、小春日にまどろみ、沼津間を往復する小型の白い蒸気船が、大きくなつたり、小さくなつたりしていた。目の下は、水族館で、数十疋のいるかが、飛沫を上げて飛びだしたり、水中をゆつくり泳ぎ廻つている様が、手にとれた。のんびりとなごやかな、この世のものとは思えぬばかりな眺めである。

誂えた玉子丼がきたところで、二人は口数少く、つつましやかに、箸をとつた。汐子は、例の如くメシ粒ひとつ残さなかつた。休憩所を出、だらだら坂降り、両側に茶店や、旅館の並ぶ通りを過ぎ、バスには乗らず、二人は歩いて行つた。

松の繁るピラミッド型の島の肩へ、胴中まで白くなつた富士が、眺められたりした。岸打つ波は音もなく、海面一帯、深い紺青色呈している。瓦屋根の家並が尽きると、路は海沿いに曲りくねつて、バスの外、人通りも滅多なくなつた。参六は、幾分テレながらも、女の手をひいたりした。絶えず汐子も、睫の長い眼もと溶かし、罪のない微笑浮かべていた。向うから、人がくると、彼女は手をひつこめた。小学生が出鼻に現れてもそうした。

水菓子屋の店先から、うれた柿二つ買つてき、それをかかえて歩き出す裡、左右の小さな丘へ、参六は登り始めていた。胸を衝くような細い路である。汐子も負けずに登つた。子供の頃から、立ち仕事し続けてきた女は、みかけによらず脚が達者であつた。

丘の上は、平地になつており、青草の中へ、細長い墓石が、あちこち並んでいた。枯れた菊を、墓前にさしてあるのもみえた。その近くに尻餅搗《つ》き、彼等は果実を皮ごと、むしやむしや頬張り始め、殆ど同時にシンを捨てると、互いに抱き合い、暫、草の中に姿隠していた。

丘から、大小様々な船もやう江の浦の漁村が、遠く眺められ、小旗で満艦飾した白い新造船が、湾口から這入つてくるところであつた。

二人は、いつ服し、立ち上つて、スカートやズボンについた草ッぱはたき落し、今度は丘の向う側へ、参六が先へ、駈け降り始めた。当人、年齢忘れたように、木の枝や草の根につかまりながら、若者そこのけと云う調子であつた。汐子は、うしろから、参六の手に縋りついたりして、日やけした素顔赤らめながら、これも懸命に崖ぷち降りて行つた。

短かいトンネルくぐつたり、波打ち際を遠廻りしたり、時々バスの土ぼこり頭から浴びたりして、江の浦へ辿りつき、そこからバスに乗つていた。静浦の部落過ぎれば沼津は近く、戦災のあと殆ど残さぬばかり、バラック然とした店屋の建ち揃つた停車場近くで、二人は銭湯へ寄つた。参六は、五円の剃刀求め、ゴマ塩になりかけた髭剃つたりし、長湯であつた。汐子は、二十分近く先へ出、湯上りに染まつた細おもて風にあて、入口へ佇み、連れを持つていた。

停車場の掲示板、みに行くと下り列車まで、一時間余り間があるので、参六は汐子を引立て、駅前の喫茶店へ、這入つた。皮のボックスに腰降し、しるこを註文し、先ずいつ服と「新生」つまみ出した。汐子が、マッチすつて、それに火をつけ、自分も箱の中から吸いさし探し、塗りなおした口もとへあてがつていた。

「随分、歩いたね。君も疲れたろう。」

「ええ。お湯へはいつてから、さつぱりしました。」

「もう汽車へ乗るだけだ。眠つていても、豊橋へ著くね。」

「こんなところまで、お見送り下すつて、本当に——。」

と、しまいの方は、口ごもり、汐子は心持ち頭を下げた。

「いや、今日は愉しかつたな。俺にとつて、思いがけない一日だつた。——天気もよかつたし、ね。」

と、参六は、手放しで、くぼんだ眼を絲《いと》のようにしていた。まるで、かりそめの、新婚旅行したような気分らしい。

そこへ、しるこがきた。二人は、前かがみになり、疲れたあとは、特に口に合うものを、ものの云わず、神妙にたべた。

終ると、申し合わせた如く、彼等の顔面は幾分硬くなつていた。参六は、又煙草に手を出した。

「今度は、来月の初めだね。まるひと月あるね。」

「ええ。」

と、汐子は、黒眼がちの眼頭、一寸伏せた。

「くどいようだが、もう一度云つて置くよ、ね。」

と、参六は、小柄な体を、突ッ張らせ、

「あとになつて、そんな筈ではなかつたと云つても、とり返しつかないからね。」

と、女の顔を正面から睨むようにした。彼等の間には、いつか小屋で同棲しようと云う口約束が、一応出来上つていたのである。

「俺は、君よりざつと三十としが違う訳だ。数え年、五十四だからね。だが、あと五年や十年、大丈夫と思つているね。子供の時、脚気で腰が抜けた外、病気らしい病気したこともないんだ。」

「先生は、健康そうね。それに、わたしが想像していたより若いわ。血色もよし、頭髪も黒いし、気持も――。」

「気が若いのは、チョンガーだから、ハハハ――。だが、あの性慾の点ね。君を満足さすことが、どうかと思うんだ。二日一緒にいて、君もよくみた筈だ。あの通りなんだ。現在でもね。」

と、参六は、皺ッ面、面目なげに、苦茶苦茶ッとさせた。

「ええ、でもそんなこと。」

と、云つて、あと口ごもる汐子は、その方面では、まだ大人になりきつていない女でもあつた。

「それから、としとるとなりがちな高血圧と云う奴ね。今のところ、はつきり症状が現れている訳でもないんだが、これは親譲りなんでね。心配し、歩いたり、酒や刺戟物には一切手を出さないようにして、いろいろ気遣つているんだ。——が、病気の点なら、君だつて生身の体だ。いつ倒れないもんでもないからな。」

汐子は、頷き、弱い目つきした。彼女も、十貫に満たない体質上、肺結核のこと、日頃それとなく懸念していた。

もう一つ、売文生活の常なさと云うこと、それを口に出しかかつて、参六は俄かに思い止まつた。そいつばかりは、わりとあけすけなたちの男も、女を前にして口外出来ないらしい。

「これで、大体、こつちの、何かな、引け目は云つたね。としの違い、性慾の問題なんかね。念を押すようだが、君はよくよく承知なんだね。あとになつて、後悔してもおッつかないんだが——。」

と、参六は、手前の弱味に、遠慮すると云うより、いつそ押しつけがましい、うわ手からのもの謂である。既に、女はわが掌中にあり、と心得たふうな厚かましさでもあつた。

「ええ。わたし、始めから覚悟していたことですから。——でも、先生は、女のひとには誰にも親切のようで。」

「馬鹿な。ひとに依るよ。『抹香町《まつこうちよう》』へは行つているが、相手は体が駄目になつてしまつている女でね。東京にいる三四人の女とも、文通したり、往来したりしていることはいるが、一緒になる約束して、関係したり、交際したりしているのは一人もないんだ。だから、いつ君と同棲したつて、こつちはやましいこと、一寸もありやしない。先方の顔潰すような気遣いもないんだ。——君とはつきりそうなれば、多少泣きをみる女の一人や二人いるかも知れない。赤い靴なんかお手のすじだろうけど、これはどうも仕方ないことだからね。君をみない前は、としもとしだし、どんな女とも立ち入つた関係せず、路傍の花のようにみて、見送るつもりだつたが、君に依つて、そいつがらッと変つてしまつたんだ。」

と、大きな筒抜け声になり、これはわれながら解せぬことと、眉にツバつける面持ちし、参六は相手の顔まじまじ瞶《みつ》めるのである。汐子も、どきッとし、薄い胸もと縮ませたが、眼もとには、参六のそれと反対、冷いもの漂つた。

「君と云うものが出来た以上、他のひととは一切交際止めるよ。そうしたつて、たいしてあと腐れ出来る女なんか一人もいやしない。さつぱりしたもんなんだ。君が向うに行つている間、抹香町へは都合で行くだろうがね。」

と、きいて、汐子は、くすぐつたそうに、又背のびしたように眼もと歪めて、

「わたしには、先生と云うひと、書いたものやグラフで、見当ついていたんだけど、逢つたの今度初めてなのに、どうして先生、そんなに?……」と、やや改まつた口つきである。

「それは、ね。初めから、こうなる予感があつたね。君が、小屋へ来て、俺がいなくて、近所の女将さんにいろいろ尋ねて行つたろう。そのことを、女将さんにきいた時から、これはと云う気がしていたんだ。又、一昨々日、初めて君をみ、何かこう、ぴつたりくるものを感じたんだね。つまり――。」

常住、ものほし気な眼つきして、きよろきよろと女の姿ばかり気にしていた、生臭爺のひと目惚れとまでは、参六も云い得ないようである。彼は、一寸泣き出しそうな苦笑いして、眼をそらせた。

汐子は、可成したり気に、細い顔を長くし、

「先生とは縁があつたのね。離れたところに住んでいたのに、縁があつたのね。」

「縁と云うものかな。」

「わたし、先生に近ずき過ぎたと少し心配だつたんだけど。」

「人間の結びつきには、当人の意思やなんかを超えた、偶然の力ッてものがあるんだね。」

「目にみえない――。」

「俺の方は、あとから文句の出そうなことは、大体並べてしまつたが、君はどうかね。何か云いにくくて、云いそびれていることはないの。今なら、何を云つても、考え直す余地はまだあるからね。ちつとも遠慮することはないんだよ。」

汐子は、いつたん胸起こしたが、そう強いられれば、余計猿轡《さつぐつわ》はめられる思いで、

「別に何も。もう大概お話してしまっているわ。」

と、さり気なく云いきり、その場の辻褄合わせせた。例の、力仕事にだけ間に合って、他のことは一切一人前に通用しない三十男持ち出し、その者をめぐる両親と自分の立場が、救いのない状態に置かれているしかじか明かす由ないようであった。で、かんじんのところ知らず、依然として相手は身一つで、どこへでも行かれるものとばかり早合点するしかない参六は、

「当分、小屋で我慢して貰うんだね。食事は、外へ行ってやることにして。」

「ええ。わたし、小屋気に入ったわ。性に合うわ。狭いことは狭いけど、他に気がねになるものは何もなし。」

「猫一匹いないところだからね。」

「わたしも、ひとに隠れるようにして行けたらと思っていたの。」

「君も、そんな気なら、あすこで暮すことにしよう。炊事の手間も省ける。その裡、恰好な部屋なり何んなり、見つかったら、そこへ移ることにしてね。」

「わたし、昼間、働きに出て――。」

「そんなにしなくても、君一人位養って行けるよ。俺は今、稼いでいるんだ。――兎に角、小屋でいっしょにいてみて、思いもよらないことが持ち上ったら、ものごと万事都合のいいようにばかりは行かないからね、その時は又その時と云うことにして。」

「ええ。そうね。先のことは先に行って。――気にしていたらきりはなし、頭が痛くなってし

まうでしよう。」

「うむ、こいつは、多分間違いないと思うが、君が小田原へくるの、うちで承知するね。」

「許すと思うの。」

「よく頼むんだね。俺は、君のお父さんと同じとしだそうだが、まだ五年や十年、目は黒い筈だ。心配いらないッて、ようく云うんだね。」

「ええ。——どんなことがあっても、わたし小田原へ行くわ。」

と、汐子は、きつぱりした口を利き、

「逃げ出してでも——。」

と、声きしませ、頸すじひねつた。疑う余地あろうと思えない、いじらしい位な女の身振りであつた。

参六も、つい鼻孔の詰まつた声色になり、

「きつとお出で。——待つているよ。荷物なんか何もいらないんだよ。著るものだけ持つてね。」

「ええ。——工場の方は、今急仕事で急にと云つては止められないけど、今月一杯には切りがつくと思うわ。来月の初めはね。——それまで、先生も羽目外さないで。」

「大丈夫だ。——待つているよ。」

喫茶店を出、ホームで列車を待つ裡、駅弁買つてこようと立ちかけたら、汐子は慌てて参六の片腕抑え、心遣いとめたりした。

下り列車より、ひと脚先、島田まで行く電車があり、それに乗り途中乗り換えすることになり、参六は停つた車の中へ、われ先き這入つて行つた。相当込んでいて、端の方にやつと、僅かな空席見つけ、おどおど彼のうしろへ影の如く寄り添つていた女をかけさせた。がかいのない汐子は、どうにか腰の先だけ座席へあて、小豆色のトッパー著た上半身はみ出した儘である。二人は、電車の内外と、別々になつた。つり皮にぶら下る乗客のすき間から、互いに相手の姿認め合い、眼だけで感情を交換させていた。

と、だんだん、化粧してない汐子の顔がしぼみ、燃えて行つた。電車が動き出した。反対側のホームへ、歩きかけた参六の金壺眼《かなつぼまなこ》には、意味のない涙が、にじんでいた。

○

豊橋から、二三日して、茶色の粗末な封筒が、届いた。

置いてきた「作文」みたか。読んで、思い当るところあり、あんな女ではと参六に嫌われても仕方ないが、自分としては、十二月始め必ず行くことにしている。うちでも、大体同棲を許しそうな様子、と例の字画のきちんとした文字で、したためてあつた。折返し、参六は、こつちも相当にひびのいつている体、君を責める資格など毛頭なく、今後の努力に依り、互いにあやまちを避けたいと書き、出来るなら、穏便に両親の同意得、出てくるようにと結んで、送つた。

二十日ばかりして、工場は止めたが、勝手に好きなことしたければしろと、云う風に、うちから突ッ放された。実の親同然、育てられ可愛がられた。恩義知らぬではないから、これまで給料も全部入れ、出来るだけのことはしてきたつもりなのに、出て行けがしに扱われ、全く辛い。等々訴え、しまいに二日の午後五時に小田原著の汽車で行く、と書いてきていた。

これは、いよいよと、半信半疑でもあった気持捨て、参六は本気で、同棲の支度にとりかかつた。一二年、中止していた外食券の切符を市役場からとつてきたり、先だつている、座蒲団、枕、火鉢その他、小屋で二人暮すにしても最低限に必要な品々ノートに記し、手抜かりのないよういろいろと思いめぐらし、無事に行つたにしたところ、彼の歿後《ぼつご》、そうなるにきまつた三十代の未亡人を、どう始末したものか、そのへんのことまで、考えてみたりした。百円でも多く遺すが適切な方法と思い知り、それが彼今後の生きる目的になりかねないようであつた。或は、彼女の文学入門に対する配慮、にんしんした場合の処置なども、早手廻し考慮に入れるらしかつた。

そんなこんな、文章にものし、又懇意な向きへわれから吹聴に及んで、とし甲斐なくはしゃぎ出す一方、事実として目前にせまつた女との同棲、二人が運命を共にすると云う新事態が、一種の重い石塊の如く、のしかかつてくる勝手覚え、参六の足許は案外にすくみ加減でもあつた。何分、五十余歳の今日まで、彼が女と一緒になつた経験は、あとにも先にも半年しかなかつた。長年月に亙る独り暮しに、いざ訣別する段になつてみると、手馴れた処世法に未練も出、このまま身軽に、よしひもじい心かかえながらにせよ、あといくばくもない年月過してあつさり往生したいもの、とそんな抹香臭い気になり、自らの売文渡世にかなつた寸法とも思惟されたりして、とど、フグは喰いたし命は云々の、一寸ふんぎりのつかない工合でもないではないらしかつた。

その日、汐子を停車場へ出迎えると、本人草色のオーヴァー著て、くることは来たが、荷物と云つても風呂敷包一つ下げていなかつた。明日たつと云う日、親共が居直つた如く、彼女の同棲行かたく拒んだのである。で、なかば飛び出すようにしてやつてき、初めて参六に仔細打ち明け、足りない養子の問題、それにからまる、こみいつた親と子の立場など、泣く泣く物語り、どうしたものかと彼にはかつた。参六も、事情知れば、闇雲に汐子を手許へ引き止めて置くこともならず、さればと云つて、先方へ出ばり、職工夫婦の前で名乗り上げる熱意も、それ程の熱心もなかつた。が、春になると気がへんになる男以外、どんな相手とでも世帯もつことは許されていないみたいな女を、みすみす豊橋へ送り返すに忍びず、禿げた額と詰つた額よせ、よき思案もがなと、あれこれ頭を絞る工合であつた。

小屋へ、一週間寝泊りし、手を組んで、雪のちらつく箱根の裏街道くだつたり、ローソクのあかりで、参六のジャンパーのほころび繕いなどして、ひと先ず、汐子は豊橋へ帰つて行つた。覚束なげなその足許であつた。

――神よ、彼等の行く手に恵みを垂れ賜え。

――二十九年十二月――

# 孤児

捨七と久子は、やはり縁がなかつた——。

彼は、数え年五十五と云う年齢、自分のはたらき、又生理方面の衰えのみならず、相手の久子も、孤児として親戚や他人の手許で大きくなり、その後、応召してすぐ戦死した学生、六十歳を越えた実業家、妻のある引揚者等の愛人や妾となつて、親の異る子を二人も生んでこれをどこかへ手ばなしたり、或はおろしたり、ここ二三年は飲屋の女中、赤坂へんの小待合の仲居など勤めていた経歴から、到底御し易い、素直な控え目なたちの女でなくなつているものと心得、毎日鼻突き合わすことをせず、東京と小田原とに別々に住んだ上、二人が自活しながら、五日に一度、週に一ぺんと云う工合に逢つて行く関係を思いつき、その旨久子につたえると、既に体の関係も出来てしまつたこと故、ひきずられて、彼女は前一年いたことのある、渋谷道玄坂裏の飲屋へわけを話して住みこみ、月に四五度、海岸の物置小屋へ足を運んでいた。が、捨七に本妻がないから、自分が妾だとはひがまない迄も、時々しか逢わない夫婦などと云うものは納得しにくく、毎度靴の上から痒いところかく思いを余儀なくされがちの、二人の同棲生活を願にかけて捨七の前へ持ち出し、要心深いケツの穴の小さい五十男を再三辟易させるようであつた。赤坂で働いていた時分、身に着けるものと一緒に、出ものの箪笥茶箪笥から、石油こんろの端に至るまでひと通り買い整え、千駄ケ谷の崖下にある家のひと間に並べ、いまだに彼女は月三千円の間代を払い、そこを借り続けており、捨七がその気になれば、明日からでも世帯が持てる勘定であつた。親の膝下で満足に暮した覚えがなく、学生との場合も勿論内縁の仲であつたし、その後もかげの女として囲われるしかなかつた彼女が、いつか三十を二つ三つ過ぎてみると、ひとの妻になり、家庭に落ちつくと云う、尋常な道すじが、いのちよりも二番目に大事な、切なる願いとなるようであつた。が、当人、わりと貧乏には平気な方であるとしても、捨七が小屋や食堂でぬいだ穿物ひとつ、直してみたためしのないような女は、男の顔色よんで、常住その者の気に入るように振舞う仕方など、始めから不得手であつた。現に、彼女自身「私は我儘で、男には薄情で、生意気な女なのだ。」と、凡そ己の夢とは裏はらな告白を啖呵《たんか》まじり吐いたこともあり、捨七の住居である小屋はいやな匂いがする、彼の体にもその匂いが沁み込んでいる等、つけつけ同棲を希望する相手を相手と思わないような口きき出す場合すらないではなかつた。その折、多年世路に辱《はずか》しめを経験してきている捨七も、流石に顔色かえたが、としはとつても生臭い部分の抜けてない彼は「抹香町」あたりの娼婦のそれと趣きの異る、腹部にまだ皺ひとつ寄つていない、羽二重肌の色白で小柄な、又男の下になる度毎、ひと柄ががらりと変つたように、鼻声まじりの子供のように他愛ないものになる女にひかされ、二人が時々逢い続けている裡、自分も離れられないと云うところまではまりこんだら、その際は思い切つて、先方の註文通り、危い橋でも渡つてみよう、と云う手前づもりの、いちがいに同居をせがむ久子の前では、その時期にあらずと、話を先へのばすことにばかりかまけるようであつた。その間、久子は姙娠し、彼等はどちらからも異議なく、中絶にしくはなしときめていた。捨七は、費用を引受け、彼女は東京で手術を行い、今度が始めてでもなかつた結果はひどく簡単で、その報告旁々《かたがた》、小田原へ現われた久子は、嘗つてへんな難癖つけた筈である物置小屋を改造し、水道ひいたりして、何んとか二人が住まえるように云々と、例の催促がましい口上を忘れはしなかつた。

捨七の返答は、相変らず要領得ずじまいの、二日いて彼女は道玄坂裏の飲屋へ帰り、夜は二時頃まで酔客の相手したりしている裡、夫が半年振りで出獄したとあつて、相棒の女中が急に暇をとり、あとは色の黒い使い走りの小女に、六十がらみの女将という人数で、どんなにしても片路二時間余かかる小田原行が、一寸むずかしくなつた。その由書送り、一週間たつたが、代りの女中が見当らず、あけられない旨、又云つてやると、こつちから出向くと云う挨拶の、手紙がきていた。

○

十月なかばの、雨降りの日であつた。

省線△△駅の、改札口に近い椅子にかけ、捨七はさつきから、人待ち顔である。黒いジャンパーに、繕つたあとのみえる紺のズボン、踵がぺちゃんこなゴム長穿き、柄のなくなつた洋傘へ、五尺少しの体をもたせかけ、猫背のように背中丸くしていた。額始め、痩せた顔中皺ッぽく、両方のもみ上げあたり、すつかり霜がきていて、五十をとつくに過ぎた年恰好は争えぬようであつた。

待つこと三十分余り、久子が駅の入口に、小さな姿をみせた。小豆色のお召の袷、ところどころすりむけた銀色の帯をした目にしめ、素足にしやれたつま皮の高下駄突ッかけ、派手な傘の雫落しながら、ちよこちよこ近寄つてきた。頭髪は、いつも通り土人のそれのように縮らせ、心持ちしもぶくれした細面を丹念に塗りたてており、上唇が薄くて下唇の厚い、ひきしまつた口もと濃く色どり、どこからみても水商売のそれという様子である。ぱつちりした、黒眼がちの大きな眼にまで、夜更かしする女らしい翳と曇りがうかがえるようであつた。

捨七は、みるなり、としとも思えぬような、弾みのついた腰の上げようであつた。が、久子の方は、しこりが解けぬと云つたふうな、ふッきれない薄笑いである。

二人は、改札口の横で向かいあつた。

「雨なのに、よく出て来たわね。」

鼻にかかる、癇性《かんしょう》らしいきんきん声を、押えたようなもの謂である。

「雨でも行くと、手紙に書いてあつたろう。」

捨七は、多少鼻白ませ気味である。

「一寸止みそうもないな。君の部屋へ行つてゆつくりすることにしようか。」

久子が、一つずつ買いためた世帯道具の置いてある、崖下の家のひと間は、省線を三つ目の駅で降りれば、歩いて二十分とかからなかつた。捨七も、一度そこで泊つたことがあつた。

「ここんところ、ちつとも行つてないから、掃除もしてなし、駄目だわ。」

それもあるが、彼女は自分の部屋へ、捨七を連れ込みたくない模様である。

「それに、私ゆつくりしていられないの。今晩、五人申込みがあるので、三時頃からその仕度にかからなければならないわ。」

「三時頃から？　もう、とつくに十二時廻つているよ。」

「だつて仕方ないわ。女中はわたし一人ですもの。」

女の強情さを、かねて承知の捨七は一寸息詰るような顔つきしてから、

「じや、渋谷へ行つて、どこか話し込める店でも探すか。」

久子は、あごをぎごちなく、ひいてみせた。彼は、すぐ切符二枚買つてきて、二人は改札口を這入り、狭い急な階段を降り、プラット・ホームへ行くと、満員の電車が、今出たばかりのところであつた。

丁度階段の下になる窮屈な場所へ、捨七は腰を下すことにした。久子も、寄り添うように並んでかけた。

「あなた、にやにやばかりしていないで、半月以上相談相手もなく、ひとりで考えていた私の苦しみ、聞いて頂戴。」

「ああ、聞くよ。——だが、そんなにせかつかなくッたッて。」

「笑いごとじゃないわよ。」

ぽつり、ひと粒、階段の裏側から雫が落ちてき、捨七の背筋へ這入つた。思わず、彼はひやッとし、素頓狂に立ち上つていた。さつきから、二人の有様をのぞき込んでいた、ものみ高そうな眼がいくつかあつた。

来た電車も満員で、捨七は日焼けと高血圧で日頃から赤い顔を、余計燃えるようにしながら、ひとごみへ割りこんで行つた。あとから、五尺に余程足りない久子も、大きな眼を白黒させ、身悶えするようにして、電車へ乗つた。

二つ目の駅で降り、デパートや私線へ行く通路の交叉している広い階段を降りると、勝手知つた久子は、朱色の目立つ構えの店の、がたぴしするガラス障子をあけた。二十近く並んでいるテーブルの正面に、テレビが置かれて、可成の頭数が、食つたり画面をみたりしていた。二人は、隅の方へ廻り、カツライスにチャーハンを註文したが、がたがたした店内の雰囲気にくさくさして、捨七は、久子を促し、階段を上つて行つた。

二階は、天井板もはつてない、がらんとした、物置小屋同然である。濡れた洋傘が二本、入口に開かれぱなしになつていたりした。それでも、二列テーブルが並んでい、彼等以外客のいないのが、みつけもののようであつた。捨七はつかつか、電車通りに面する方へ行き、粗末な椅子へかけた。曇りガラスの障子が一枚われており、その穴から、雨に洗われている柳や、自動車等の忙しく右往左往するさまが見下ろせた。

久子は、テーブル挾んで、差向かいの位置にかけ、相変らずぷすッとした面持ちである。とつてつけたように、二人がふたことみことことばを交わす裡、

「私、あんなに小田原へ足を運んだの、つくづく浅墓だつたと後悔しているの。」

と、云いだし、ぎくッとした顔向けて寄越した捨七を、眼頭でおさえるようにしながら、

「私は働いて、少しでもお金がたまれば、お茶碗を買つたりして、世帯道具ふえて行くのが、何よりのたのしみなたちでしょう。それなのに、あなたは、ひとりで暮して、末は養老院へでも行こうと云う――。」

と、しまい方は口の裡、さも自分の眼違いが口惜しいと云いたげな唇の歪め方示した。のつけから、意外なことをと、捨七も咽喉締められるような面相に変り、何ともすぐには口があけない恰好である。

「私は、あなたみたいなご身分じゃないから、働かなければならないわ。せつせと働いてお金をためようと思うの。そしていつかお店持とうと思うの。――私、向上心のある女なんだから？」

と、言葉尻、幾分自嘲めかしくぼかし、改めて横眼使い、捨七の禿げ上つた額口、ねめつけ

るようにして、

「小田原へ行かずにいれば、それだけ身入りもふえるんだけど。」

と、チクチク、相手を逆撫でするようなもの謂であつた。

短気な捨七は、すつかり自制を失つた如く、

「君は変つたな。逢わずにいる裡、俺に飽きがきてしまつたんだ。――君の生きて行くのに邪魔だつたら、いつでも引き下るよ。それ位の肚はきめているんだ。」

と、大声出し、やせこけた頰のあたり、けいれんさせるようである。彼にしても、第一年齢の違いから、彼女に適当な相手でないことは百も承知の上であつた。先方から、自分には間に合わぬ男と文句つけられても、立派に返答がえし出来かねる身の程を弁えていないのでもなかつた。が、今の場合、売り言葉に買い言葉で、つい声が大きくなつたに過ぎないようであつた。

彼の、弱味を裏返しにした、予想外な権幕に、久子はいささかたじたじとしてしまい、

「飽きたの、邪魔だのッて、あなたも随分強いことを云うわね。邪魔だつたら、こうやつて出てきやしないわ。電報打つてことわつているわ。」

と、幾分鼻声となり、

「でも、時々しか逢わず、体だけの関係続けて行くの、やり切れないわ。」

と、半分、溜息まじりである。体だけの関係と云う言葉が、又捨七の胸板に刺さるようである。心外千万、と彼は云いたそうであつたが、それが口から出なかつた。何を云おうにも、今

日まで彼女の申し出をはぐらかし、同棲を避ける方にばかり多く気を使つていた捨七の及び腰は、彼女にすれば承服出来ないものにきまつており、それを体だけの関係とはつきり割りきられても、一寸弁解の余地ないようであつた。

言葉に詰まり、彼は重い眼差伏せ、あぶなく不覚の涙まで、にじませそうである。これに、久子の眼の色も解け、

「二人共、一人でやつてきた者同士だから、どうしても自分勝手な考えにかたより易いわねえ。」

と、相手の傷口いたわる、情のこもつた言葉であつた。捨七は、顔を上げ、

「そうだね。どつちも、至らないんだ、未熟者なんだ。だから、努力し合つて、うまく行くようにすることだね。」

と、彼はぼそぼそ、神妙に云つていた。

一寸の間、話が切れた。

聴て、久子は、かすれたようなもの謂で、

「あれする時ね、私気になつて仕方ないの。」

前々からも、男が出来ると早速そうなる体質を苦にしてい、一種の妊娠恐怖症にかかつているような彼女であつた。

「いつか云つた、あれを使えばいいんだよ。今は、大抵の家庭で使つてるらしいね。」

「私、そんなのいや。――お金をためて手術して貰つた方がいいわ。」

「それも、この頃は簡単に出来るらしいね。」

「簡単じやないわ。この前したのとは大分違うわ。」

そこで捨七は、ある知人が、続けざま三人子供が出来たところで、妻を病院に連れ行き、その方の始末したしかじか述べると、

「私もそばにいれば、きつとそうよ。手術してしまうに限るわ。」

「その金は俺が出す。」

「そうして頂戴。」

場所も、小田原の病院にしたいと云う女に捨七も同意していた。

「でも、急には駄目よ。女中さんが、二人位みつかつてからでないと。」

子を産んで当り前な女性が、それを全然止めにして生きて行こうと云う方寸は、捨七如きの物指に余るようで、彼はただ自分のいる土地でそうしたいと云う女の気持に、手軽な安心感抱くのみであつた。

ところへ、雨外套の学生一人に、続いて若い会社員と女事務員風の一対が上つてき、彼等とそう離れていないテーブルへ陣取つた。

「大事な話が終つてよかつたね。」

と、落ちくぼんだ眼を、細くしてみせる捨七に、久子はちぐはぐな顔で答えていた。間もな

く、捨七の前へはチャーハン、久子の方へはカツライスの皿が出された。いつたんナイフを手にしたが、大きなころもばかり厚そうなカツを睨んで、

「私には切れない。――あなた切つて。」

と、深窓の女が、召使いにでも云いそうな調子である。こいつ、と思いながら、捨七は刃物を女の手から受取り、皿を前へ持つてきて、のしかかるような姿勢となり、懸命に肉を切り始めた。幾片かに分れたのを、ひとつずつホークで口へ運び、別段うまくもなさそうな顔つきで久子は平げていた。抜けのこつた歯が、上下で十数本しかない捨七は、もぐもぐと頬張り続けるが、却々ラチが明かない。おかまいなし、早くホーク置いた久子は、小田原から彼が持参して、彼女に貸し与えた小さな本のページを「新生」ふかしながらめくり始めた。捨七が匙を置き「新生」喫い出しても、一向に久子は本から目を離さない。彼は中ッ腹の、ガラスの一枚なくなつた障子の方へ体をひねり、そこの穴から、まだ降り続いている雨を所在なさそうに眺めていた。警笛や電車の軋《きしみ》が、耳に突きささるようでもあつた。

近くのテーブルでは、先程の会社員とまだ女学生気質の抜けきらぬ事務員が、額と額がぶつかりそうに顔を寄せ、睦まじくラーメンの箸を運んでいた。階段の近くには、いつの間にか、旧式な茶色の中折をかぶつた、みるからに田舎然とした老人と、その娘位の年頃で、顔形が少しも似ていない女が、円いテーブルへ膝頭くつ着け合うように向い、ひそひそとビールを酌したり飲んだりしている。

小説好きの久子は、次から次へとページをめくつていた。

無視されたかと、いまいましげに口を尖らせ「本は店へ帰つてから読めばいいじやないか。」と、捨七である。云われて、始めて彼の存在に気がついた如く、彼女もハッとし、細い金冠口もとにちらつかせ、詫びをした。

「そうだ、俺は甘いもんが食いたいんだ。ここに何かないかな。」

「あんのはいつたおまんじゆうあるわ。支那料理だから。」

「あれがいい。君もたべるだろう。」

「私お腹一杯だし、甘いものなんかいらないわ。」

「そうか。じや、一人前だけ、註文してきておくれ。」

自分でそう云つてくればいいじやないか、と云いたげな久子の顔色である。あぶなく、捨七が癇癪を起す寸前、彼の険しい眼顔に押され、ようやく腰を上げ、彼女は階段の降り口へ行き、上から大声出して、女中に頼んでいた。

甘党の捨七が、出来たてのまんじゆう食う間に、間食など嫌いな久子は、又本を手にとつた。その裡、若い一対は帰つて行き、がらんとした薄暗い場所は、ビールをゆつくりのんでいる老人達と彼等と二組になつていた。

「新生」をふかし始めた捨七へ、

「今日の晩、私の出した手紙ついているわ。」

と、久子が、顔を向けてよこした。

「くるなッて、書いたのか。」

と、捨七は、ずばり図星を射たようである。彼女も、ぎくッと、眼頭きしませ加減の、

「久子奥様多忙だからつて、出したの。フフフフ。」

「ふん。」

「本当にきて貰いたくなかつたら、電報でも打つてるわ。」

捨七は、幾分釈然としたような塩梅である。久子の口も軽くなつて行つた。

「探すとなると、女中却々ないものね。おととい、一人みつかることはみつかつたんだけど、見るからに酌婦めいているの。女中次第で、客種も変つてしまうでしよう。女将も、首をかしげて、すぐことわつてしまつたわ。」

「ふーむ。」

「通いで、夕方来て、店がしまつたら、さつさと帰つて行くと云うのでも駄目なの。住込みで、掃除もすれば、ちやんと店のあとかたづけもやると云うのでなければ困るし、その上あまり柄のよくないひとでもいけないから、これはと云う女中さん、容易にみつからない――。」

「誰でもいいと云う訳に行かないんだね。」

「私、一人で、十人十色のお客の相手をしなければならないし、使い走りの子と、お店や便所の掃除までやらなければならないから、随分疲れるわ。すつかりかたづいて、二階へ寝床敷く

時分には、大抵二時を廻つているの。」

「ま、その裡、女中がみつかれば、楽になるだろうからね。少しの辛棒だね。そうすれば、又小田原へもやってこられる。——早くいい女中がみつからないもんかな。」

久子も、ひくと二重になるあごをみせた。

「店の景気の方はどうなの。」

「久子姐さんがいるんだから、客がないなんてことないわね。」

と、彼女はしたり顔になり、にッと紅の口もとへ、金冠ちらつかせる。道玄坂裏の、小さな飲屋の女中なんかには過ぎものと、かねて自讃していたこともある三十女であった。

「浮気しないから私少し肥ったわ。」

小田原通いを「浮気」と呼ぶかと、捨七は一寸戸惑い気味である。金銭ずくで、ころぶと云うことを自分に許せない女、といつぞや自称していた彼女の口振りをどこかで信用してきている彼は、妙な気の廻し方だけは、まぬがれたようであった。

「そう云えば、少し頬がふっくらしてきたね。」

「その変り、眼尻が余計たるんだわ。」

「客に、やはり飲まされるんだね。」

「受ける程度よ。」

「酒はあまり飲まない方がいいね。」

「ほつといてッ。」

久子は、つんと、顔の造作のうち、そこだけが不細工に出来ている低い鼻筋、しやくり上げていた。

とりつく島もないように、捨七はしおしお「新生」に火をつけ、久子は帯の間からコンパクト出し、鏡をのぞきながら、念入りな手つきで、おしろいをはたき、ついでに紅棒の先きで、特長のある上下の唇をなすり始めた。茶色の中折の老人と、その娘みたいな年恰好の一対も既にいなくなり、薄暗いじめじめした場所は、もと通り彼等二人きりとなつてしまつていた。

支那料理屋を出、雨の中を近くのデパートの入口までき、絵の展覧会やつているかも知れないから、はいつてみようと、捨七は女の袖ひくようである。久子は、子供つぽく、白い首すじ振り、

「そんなに行きたければ、あなた一人でみていらつしやい。私は、お店が気になるから、ここから帰るわ。」

「折角、半月振りで逢つたのに、そんな――。まだ、三時までに、一時間以上もあるじやないか。――ね、一緒に行こうよ。」

薄い眉のつけ根に、えぐられたようなたて皺つくり、いつそ泣きッ面となる五十男を、憐む如く媚びる如く、ぴつたり見据える久子は、突ッ立つた儘テコでも動こうとしない。

「何か買つてやる。――お出でよ。」

始めて、得たりと、彼女はしやれたつま皮はめた高下駄動かした。並んで、歩き出すと、

「何んでも買つてやる。」

と、捨七は、心にもない口になつていた。

「うそばッかり。」

と、久子は、満更でもなさそうにまぜ返していた。

デパートに這入り、二人は少し離ればなれとなり、エスカレーターで三階四階と運ばれ、五階で降りて、ひとごみの中へ消えて行つた。

捨七は、ポスターなど、きよろきよろみて廻つたが、展覧会等の催し物はない模様で、五階から階段口へかかるや、久子は崖でもくだるように、先になつてとんとん降りて行き、二階まで下つたところで、捨七をつかまえるようにし、和服類の陳列された場所へひつぱつて行つた。もの心ついてこの方、夏場にあッぱッぱ着る以外、洋服と云うものを着たことのない女は、着物の柄や何かにわりと目が肥えているようであつた。

人形のしている、気に入つた着物の前に立ち止まり、露骨にもの欲しげな顔つきとなつて「これ買つて。」と、捨七へ、ねだつていた。正札をみるまでもなく、そんな贅沢品を買い与えるなど、彼には思いも寄らぬ仕儀であつた。しかめッ面、にやにやさせるだけである。

その場を離れ、次に眼に止まつた、お召の前に立ち止まり、久子は前と同じような顔つきしては「これ買つて。」と云い「今すぐ買つて。」と、やいやいカサにかかるようであつた。日頃

から金ばなれの悪い捨七であることを先刻承知の上のいやがらせ、面当とも云える素振りでもあつた。

着物では、いつかな降参しないとみ、今度は帯止めが、ぶら下つたり、ケースの中へ並んだりしている売場へひつぱつて行き、久子は小柄な体を背のびしいしい、ガラスの容器へ、ねばりついた。欲しいものが、一度に眼の中へ飛びこんでき、彼女は混乱してしまい「あなた、どれがいいと思う。」などと、捨七へ糺すふうである。彼は気がないものの如く、ケースの中つき合つてのぞく裡「用意してこなかつたんだ。——持ち合せがあまりないんだ。」と、不景気な小さな声で、云い出していた。そんな台詞、耳にするより早く、久子はぷいッとして、自分から先、つかつか歩き出し、隅の方にある売場へやつてきた。あとから、捨七もついてくる。薄桃色した腰巻などが、いろいろとはずかしそうに、つる下げられたり、畳まれてケースに収まつたりしていた。ここまでき、やつと捨七のガマ口で間に合うようであつた。

包装紙にくるんだ、僅かな買物かかえ、デパートを出るとすぐ、

「今日は急で悪かつたわね。」

と、久子は立ち止り、

「あなた、帰んなさい。」

と、いつそ突ッ放すような、切り口上である。

彼は、ふッと顔面の硬ばるのを意識しながらも、

「ああ、帰ろう。――女中がみつかり次第、すぐ小田原へお出で、ね。」

「ええ、行くわ。――あなた、これからまつすぐ帰るの。」

「ついでだから、上野へ廻つて、展覧会でもみて行くよ。」

彼に、そんな余裕あるのを不足とするかのような、いがらつぽい眼色しいしい久子が、

「じゃ、さよなら。」

「じや。――君も体を大事にしてね。」

互いに、振り向くようなこともせず、黒いジャンパーの方は省線、小豆色の袷の方は私線、別々の電車の切符売場へ登つて行つた。外はまだ雨であつた。

○

その後、一週間ばかりし、まだ女中がみつからないので、行けない、とある久子からの手紙が捨七へ届いていた。それから、十日近くたち、今度は女中云々は端折り、夜更けの寒さに咽喉をやられ、三四日くび巻がとれないでいる、人間の住居とは凡そかけ離れた（いやな匂いのするとは書いてなかつたが）小屋へ行くのは恐ろしいとあり、お手数だが私の寝巻を送つて欲しいと、簡単に用件で結んだ、一種の絶交状ととればとれなくもなさそうな文面であつた。

が、彼なりの己惚れや何かで、そこまで突き詰めて読み得ない捨七は、小包郵便の手続とる変りに、二枚の女もののゆかたと、彼女が買い置いた懐紙、押入れからひつぱり出し、木綿の

風呂敷へくるみ、それをかかえ、何の前触れもなしに、のこのこ東京へ出かけて行った。

私線の電車が、省線と一緒になる一つ手前の駅で降り、かねて彼女から道順教わっていた彼は、すぐ近くの郵便局へ寄り、問い糺すと「梅や」と名乗る店は、つい目と鼻の間であった。

小春日和に、ほこり立てる路面を、バスやハイヤーがひッきりなし通行するあたり少し行って反対側に突つ切り、丁度十字路になつたとッつきの角に、彼はくだんの店をみつけていた。

相当古びた、二階家平家が、道路より一二尺低いところに並んでおり、一番端にある、二階が馬鹿に寸詰りな、むさ苦しい家の軒先きに、白ペンキで「梅や」と記した小さな看板が、ぶら下つていた。

一寸、頸すじ縮め加減、捨七はそッと、曇りガラスの障子を、少しばかりあけてみた。眼の下に、黒いへりをつけた畳が、三畳敷かれてあり、まん中に円いちゃぶ台が控え、隅の方にはカヴァーかけた座蒲団が、行儀よく重なつていた。畳の敷いてある向う側の半分は、たたきになつており、丸い小さな椅子が四五脚、かぶりつきに並んでい、徳利や皿小鉢の類も棚に見渡された。明るい陽を、曇ガラスの障子にうけて、店の中はほのぼのとしており、わりと小ざっぱりした感じであつた。

人間の気配は全然ない。どうしたものか、とためらつたのち、捨七は首をひっこめ、障子をしめ、今度は路地づたい、たたきになつている方向へ廻つてみるつもりで、二三歩すると、地味な上つ張りをひつかけ、どことなく渋皮むけた、すらりとした玄人上りと覚しい老年の女と、ぱつたり出会い頭となつていた。

彼は、登山帽をとり、白髪のまじり出した頭髪を丸出しに、一寸、頭を下げた。「梅や」の女あるじで、先方も眼でそれに答え、黒いジャンパーに、日焼けした草色のズボン、杉の下駄穿いた、小造りな年寄りの風態、素早く一瞥していた。

「久子さん、いますか。」

と、心待ち胸をはり、捨七はそんなに切り出していた。

「久子さん？　あ、久ちゃん、いない。」

と、背の高い老女は、素ッ気なく答えた。居留守かな、と彼は顔しかめかけたが、いてもいなくても、どつちでもいいのだ、と云うもの腰となり、持ち前のぶッきら棒な声色で、

「久子さんにこれを渡して下さい。」

と、口早に云つて、かかえた風呂敷包を、二三歩あと戻りし、今しがたあけたばかりの障子の内側へ、ていねいにほうりこむようにした。

「ただ、渡せばいいんですね。」

「ええ、解ります。」

それだけ云つて、女の行先もきかず、自分の名前もあかさず、両腕を胸もとに置き、のッそり突つ立つている女将の前から、彼は早々消えるように、退散していた。

その足で、来た時降りた、私電へ乗つて横浜へ行き、そこから国電に乗り換え、千円以下の

ガマ口で、競輪と云う野天のバクチ場目ざすようであつた。折返し、品物受取つた、ありがとう、とも何んとも、道玄坂裏の飲屋から、さつぱり挨拶がなかつた。

捨七の方は、朝がたの眼ざめに、両親を幼時なくした女の面影、毎朝みるふうでいながら、何んとしても「危い橋」が渡りきれないようであつた。年の暮が近づくと、彼は又「抹香町」へんの行きつけの店へ、とぼとぼ足を向け始めていた。

——三十一年一月——

# 硬太りの女

私は、私小説家の川上捨七さんを小田原へ訪問し、その晩関係を結んでおりました。

前橋市に、七八年住んで、としは数えの四十歳ですが、夫に生別してから十数年、ずつと独身で通し、子供はありません。私名儀である、部屋数五つばかりの二階家へ暮らし、一疋の犬と、二疋の猫を飼い、花壇のようなものも設けて、四季花を絶やさぬように丹誠したり、四五人の女の子へ英語を教え、自分も亦生花の師匠の許に通い、昨今では代稽古格ともなつており、旁々会員百名近いさる婦人会の会長の役を買つて出たりして、よそ目には結構羨ましがられるやも知れないような、世間ていもそんなに悪くない、一応恰好のついた明け暮れでした。亡父から遺された株券に、別れた夫から分けて貰つた小金もあつたりして、女ひとりつつましく喰いつないで行く分には、さのみ不自由しなくて済むだけのものも持つております。

ですが、身をやく程の恋の経験もなく、夫が外に愛人が出来たところで破婚した際も大した打撃を蒙《こうむ》らず、かてて石女でもある私は、いつそ中性婦人みたい、独身で送るのが誂え向きかと思われ、十年余りこれと云つた異性との交渉なく、所謂まじめに、近所隣りからもうしろ指さされることなく過ぎてきましたが、四十の坂にかかりますと、長年潜伏していた情熱のようなものが、もやもやと頭を持ち上げ、これまで築いてきた生活のカラを根こそぎ覆《くつが》えすかと思われ、最早犬、猫、花類では何んとも仕様がなく、生花の代稽古や婦人会の仕事などに出しゃばり、忙しそうに立ち廻つてみても、内心の渇きをごまかしきれません。それには、一人の男性が必要であること、自分にも手にとる如くわかつていました。が、生得、生意気な方で、又勝気で相当我儘な中年女には、却々これと云つた相手がみつからず、且いくら己惚れてみても、美人という部類には這入れない私の面相では、独身者と多寡をくくつて云い寄るような向きもありません。それに、いくら男ほしやとしたところが、ルンペン、バタ屋ではこつちの気位が許さず、下手なものに手を出し、婦人会の会長の役等棒に振つてはつまらぬという打算もあつて、裸一貫目的物へ突進することなど思いも寄らぬ仕儀でした。

小説類は、娘の時代から好きで、体内のもだもだときほぐすよすがと、私は旧に倍し単行本のそれや、雑誌の創作欄など浴びるように読み始めていました。結構なご身分で、暮し向きにはさしずめ心配ありませんから、時間はたつぷりあります。犬や猫の食事の世話、花壇の手入れなど、ほつたらかさない迄も、昼となく夜となく、書物のページを舐めるように追つています裡に、ゆくりなく、川上捨七さんの書くものが私の心を捉えたのでした。同氏の書くものなら、小説のみならず、三枚五枚の短文のはしまでみのがすことがなくなつて行きました。

私小説というものには、作者ご当人の人柄が丸出しになるのが普通でしょうが、作品を通して窺える捨七さんの、少しも飾らない、一向他所行といつた様子のみえない肌合いが、一番私には対蹠的《たいしよてき》であり、又魅力的でもありました。よくその作品に出てくる、同氏とねんごろにしている女性が、海岸の小屋で一二泊して行くさまも、私には羨望の限りとなりました。ばかりでなく、捨七さんの売り物らしい「抹香町」ものとやらも、格別私の関心をそそりまして、あした地方都市の赤線地帯のしきたりや、そこで働く女達の哀れさもよくのみこめますし、まるで作者同道で娼家へ上つたかのような時めきさえ味わう工合でした。ある雑誌のグラビヤに、小屋の入口へ立つている、ジャンパー姿の捨七さんをみかけますと、年甲斐もなく私の頰がぽーッとなつたりする始末、直接お目にかかつたらどうなることか、全く夢のようでした。じかにその人とあつたこともないのに、書いたものだけで、そんなにとりのぼせるなんかあまりと云えば愚の骨頂と、自らをさげすみもしましたが、一度訪問してみたいという衝動が抑えきれず思い切つてその意を通じますと、先方からすぐ返事があり、来たるものは拒まないといつたふうな文面でした。前橋から、小田原まで、汽車に乗り通しで、ざつと五時間かかります。白いレースの上着、黒ッぽいスカートして、一寸した手土産などかかえ、小田原駅を出ますと、捨七さんと覚しい、色の褪めた草色のワイシャツに半ズボン下駄穿きの、日に焼けた漁師のように黒い、小柄で痩せ型の五十男が立つていました。私は、目早くそれと察し、その人の前へ進み出、名乗りを上げますと、やつぱり捨七さんで、私からの通知に、駅までわざわざ出迎えにきていて呉れたのでした。こうした応接には馴れているらしく、別段堅くも馴々しくもせず、捨七さんはいつそ鷹揚なもの腰で、私のところも、二三通飛びつくような手紙書いた女とも思えない、落ちつき払つた初対面の挨拶をしてのけました。

城址や、競輪場など案内され、海岸へ廻つた頃は、日がとつぷり暮れかかつていました。夕凪ぎに風は死んで、ねつとりした暑さがからみついていますが、単調な波の音はやはり涼しく耳に響き、沖にはちらほら漁り火がみえ隠れして、ふだん山や野ばかりみつけていた私は、随分遠いところまでやつてきた心地でした。肩を並べ、渚の方へ二本の足を投げ出している捨七さんのぽつぽつ問うにまかせ、私も凡そのところ身の上身辺を語つて、なんだかひと皮むけ落ちたような勝手でした。

軈、立ち上り、防波堤の方へ行きかけますと、捨七さんは旅館を紹介しよう、と云いました。始めての客に、それは当然な仕方だつたでしょうが、私一人で泊るのかと糺すと、然りと頷きます。私はそれを不足にとり、では小屋へという先方の言葉を、待つていたもののように受取つてしまうのでした。防波堤を上ると、すぐ捨七さんの小屋がみえました。屋根も、まわりも黒ペンキを塗つたトタンばかりで、戸の代り変なものを押し当てた入口から、すぐ梯子段となつており、中は真ッ暗でした。主のあとから、私はのこのこはいり、梯子段を登ると、片方には魚箱が一杯重なつており、片方には二枚の皮の擂りむけた畳の上へ一枚薄べりが敷いてあつて、どうやら人間の居所のようでした。捨七さんは、釘にさしてある太目のローソクに火をつけ、ビール箱のそれも二十年近く使つた、ぼろぼろの机の上へ置き、一枚しかない座蒲団をすすめます。ですが、小説では毎度お馴染の住居も、聞きしにまさる非人小屋同然の模様に、私はおちおち坐つていることもならず、用意してきたゆかたに着換えますと、捨七さんをせき立て、二人は間もなく、ローソクを消し、外へ出ていました。

作品で読んで、眼の底にやきついている「抹香町」は、歩いて二十分とかかりませんでした。手紙にもそう云つて置きましたし、たつてと私が所望しますので、彼氏も仕方なく道案内に立つた訳です。つれと手を組んで、その人の奥さん然と、厚化粧した女達のたむろしている一劃を通り過ぎたいような悪趣味さえ持ち合わせましたが、どぶ川にかけられたセメントの橋を渡り、ここだといわれ屋根の上や軒先に、赤、青のネオン看板光らせ、二階家・平家建とぎっしり建て込んでいる家ごみにかかるや、いつぺんにうつ向いてしまいました。三人五人とかたまつて、こつちの様子怪し気に眺めているおしいろ臭い女達のただずまいを、まっすぐ見てとおるどころではありません。そんな口ほどにない私の恰好に、捨七さんは、近頃なじみ始めな女性もいる中の方へ廻ることを中止し、娼家の傍づたいに通り抜けていました。

帰りがけ、冷たいもの飲んだりして、小屋へ戻りました。話しの方はいい加減に切り上げ、捨七さんは押入れから馴れた手つきで寝具をひつぱり出しました。掛け蒲団を、敷蒲団代りのべますと、ビール箱の机をかたよせても、畳の上にすき間がなくなる程でした。聽て、五十六というとしにしては、そんなにしなびてもいない体に、着古したワイシャツ猿又といういでたちで、海の方を頭にし、捨七さんはごろりと長くなりました。私も、うわ背は五尺そこそこよりないのに、いつも十四貫切れたためしのない、自分でもとしより若そうなのがかねて気になつている、硬太りでお乳もおなかもふつくらした体に、洗濯したての糊の利いた真ッ白い下着一枚という恰好で、座蒲団に手拭巻いたのを枕の代り、捨七さんと並んで、海の方を頭に横になりました。

観音びらきの、片つぽうをあけたままにしてあり、いくらかは海の風がはいりますが、薄い掛け蒲団など邪魔な位で、捨七さんは暑苦しさに、幾度も寝返り打つています。私のところも、眼だけはつぶつていますが、頭の中はずきずき焦げついてくるようで、その裡捨七さんの片腕が、海老のように窮屈そうな姿勢している私の円い胴中をかかえ、ぐいと抱き寄せるようでした。私としたことが、その手を一度でも振り払うまねさえ覚束ないという訳です。

翌朝、小田原駅まで見送られ、お弁当にかまぼこまで戴いて、前橋へ帰りました。そのことあるを、どこかで期待していたとは云う条、捨七さんに抱かれ、一夜を明かした私は、もう死んでいいとまで有頂天となつていました。女みようりというものを、十何年振りかで、否生れて始めて味わつたと云いたいような塩梅式でした。あけすけになりますが、捨七さんのある部分は、かゆいところまで十分届く申し分のない形のものでしたし、おまけに若い者顔負けみたいなお元気振りの、よく「抹香町」で不覚をとる話が作品に出ていましたが、そんなことなんか到底信じられぬ様子でした。それというのも、ひとつは、相手が私だつたせいでしょうか。毎晩何人もの男へ行き当りばつたり、機械のように身を委せる稼業の女でなく、みるからにあぶらののりきつた、それも異性に飢えかつえている四十女だつたからかもしれません。しまいには、あられもなく私の方から、挑んでゆくような寸法ともなつていましたが、思いがけなく心ゆくばかり、性の快感にたんのうした私は、家へ帰つてからもまるでぼんやりしてしまつていて、溜息まじり、ジャンパー姿の写真に眺め入つたり、気を換えようと自分でお湯をわかし、ひと風呂浴びて人目のない気安さにお腰ひとつで、二階の窓へ腰かけ涼んだのはいいとして、又急にしん気楼の如く、ローソクともした小屋が眼の前へ現われ、お乳がちくちくと疼いてき、いても立つても居られぬ気持に陥り、日に焼けた、みかけによらない位力のある捨七さんの腕が恋しくてたまらなくなつてしまうようでした。

三日たつと、それでも帰りの汽車の中で、隣りのひとに嗅ぎつかれぬかと恥しい思までした彼氏のうつり香も、ようやく抜け加減ですが、いつたん体内にしみこんだものは拭うに由なく、この分で二度が三度と逢う瀬を重ねる裡に、私は捨七さんから離れがたい女となりはせぬかという懸念にも襲われます。こつちの独り合点ですが、いくら当人には珍しい、私が素人女であるからにせよ、あんなにまで愛撫を惜しまなかつた人が、満更私を嫌らつていようとは思えません。犬や猫にさえ相手を選ぶ本能があります。それはそれとし、女と縁結ぶことをせず、長年あんな非人小屋のようなところへ暮らしてきている、それも六十に近くなつた老作家が、おいそれと宗旨を換え、ちゃんとした世帯をもつなど、却々想像にあまることですし、私も彼氏と一緒になろうとなど一途に考えようもありませんが、若しも先方が娼婦の肌を忘れ、私一人の体と心で満足してくれるというなら、一生捨七さんと関係を続けたいという気にもなつてしまいました。

きまつた仕事も勤めもない私は、日に一度、時には朝晩二回、小田原へ手紙書き続け、留守番にきて犬や猫の食事もみてくれる近所のひとの都合がついたところで、あれから丁度十日目に、小田原へ出向きました。前回同様、捨七さんは駅の出口に待つてい、二人は顔を合わすとどちらも気色ばんだような面持ちでした。駅前からバスへ乗り、箱根の山の麓で下車し、松並木の名残りのある旧東海道を登つて、今時珍しい藁屋根で、往来に面した二階には古風な手摺りなどみえる、小さな旅館へ上りました。私が手紙で、朝起きても顔を洗うところもないような（捨七さんは小屋から少し離れた位置にある市設の共同便所で、毎朝の用事を済ましているといいますが）場所でなく、電燈もあればお茶も自由にのめる人間のいどころらしい家で一夜を共にしたいと書きましたので彼氏は温泉宿を奢《おご》る気になつたものとみえます。

一緒に、前橋あたりでは口に出来ない、鱸《すずき》のあらいのついた晩ご飯を済まし、湯の街の散歩でもと思つていますと小雨が降つてきましたので、二人は座敷へ楽な姿勢となり、いつの間にか抱き合つていました。いつ時の後、揃つて急な階段を降りて行き、それだけは今風にタイル張りにしている湯殿へ廻つて、単純泉のすきとおるようなお湯へつかり、お互いに背中など流し合いました。捨七さんの、小麦色したわりと肉づきのいいわき腹には、とつてつけたようにひとつ肉腫がありました。うわ背に似ず大きい、私の顔は相当日に焼けていますが、着るものに隠された部分は結構色が白く、羽二重のそれとは行かない迄も、キメの細かいのも自慢です。捨七さんは湯気に霞んだ私の体を、彫刻品でも眺めるような眼つきで、吸いつくようにみたりするのでした。

九時少し過ぎ、女中さんに頼み、床をとつて貰いました。麓でも山のうちで、前橋へんより涼しくはないとしても蚊帳などいりません。早速白いシイツのべた上へ二人は横たわりました。捨七さんは、旅館の貸ゆかたをひつかけ、私は用意してきた青い縮緬の寝巻に色ッぽい棒縞のお腰をしていました。電燈を消し、うちわをどちらも手から放すようになりました。思い出したように、あけてある窓から大きな黄色い蛾が飛びこんできたりします。

家庭というものを、もつたことが殆んどない彼氏は、そのあとすぐ猿又を穿く習慣のようでした。女が一緒にいる時は、そうしたものではないとたしなめてみますが、娼家のそれも長尻しない客として、いつも手ッとり早くその方の処置してきた人は、却々本気にしませんし、肝心の箇処は先ず上等としても、ただ用を達せば足るというだけの、からきし女を喜ばせる技巧も要領もご存じない、ワイ本の知識などにもてんでうとい、全くのでくの棒で、先夫との経験や何かで、私の方が百日の長があるみたい、すぐそばから寝てしまう捨七さんをゆり起こし、いろいろと口や指の先で、手ほどきに大童《おおわらわ》となつたりして、始めての晩とは打つて変つた、火のついたような狂態振りをみせるのでした。

殆んど一睡する間もなく短夜は明けました。なかば意地になり、息遣い荒々しく私と呼吸を合わせていた捨七さんの頬はげっそり落ち、もともとくぼんでいた両眼始め、えぐられでもしたように奥へひっこんでしまいましたが、それでも前回同様、小田原駅のプラット・ホームまで送ってき、駅弁を買って呉れます。汽車が動き出しても、ぼうッとした恰好でその場に立っており、これを窓からみる私の眼にも涙がにじんできました。次の駅へ停車しますと、もう一度小田原へとって返したい衝動に見舞われ、私は気が気ではありませんでした。

又しても捨七さんの体臭にむせぶようで、家へ帰ってからも、一向に落ちつけず、柱時計の針の遅さにじれじれするばかりです。こんなに、男が恋しいと思われたためしなど、かって覚えのないところでした。肉体的なサイズがうまく合ったばかりではありません。捨七さんの人柄にしろ、かねがね作品で想像された通り、子供ッぽい位地金剝き出しの、それでいてどこかうき世の波にもまれぬいた年寄りらしい細やかさも読み取れるようでした。予感が図に当って、そんな人の傍らから片時も離れがたくなりそうな自分を持て余し気味にもなりました。ですが、そういう向きの話は、捨七さんはとくと苦手らしく、山の麓の宿で、それとなく遠廻しに気をひくように「先生、いい加減に奥さんをお貰いになったら如何。一軒の世帯の下にはいれば、お書きになるものもおのずと変ってきますわ。――『抹香町』の人でなく、少しは教育のある、としも二十四五でなしに相当の年輩の、つれて歩いてもよく似合うような女を奥さんになさいな。私、お世話しましょうか。」と持ちかけても、殆んどうわの空で聞き流し「前橋と小田原では、あんまり遠くで不便だから、私の今いる家をひとに貸し、小田原で小さな家でも持ちましようか。そうすれば、好きな時いつでもお逢出来るし、先生のところからよごれものなんかそのたんびに頂いてきて、ちゃんとお洗濯して差上げることも出来るでしよう。」と謎をかけても先方には通じない面持ちの、近くへ来てそんなまねをされたら困るというみたいに空うそぶくようでした。「でも、あんな手を洗うところもないようなところへいて、若しもご病気なさつたらどうするんです？　梯子段の上り下りにも難儀するようなおとしになつたらどうなさるんです？」と、相手の泣きどころ衝いてみましても「病気したら、その時は近くにいる弟の家へでもころがり込むさ。又よぼよぼになつて、行きどころに困つたら有料養老院へはいるね」という挨拶に「私も養老院へ行きますわ。ご一緒に参りましようよ。」と、思わずこつちが調子づきますと「十五もとしの違う者同志、一緒に行ける筈はないじやないか」とあつさり突ッ放されていました。私にしても、まだ養老院行のことなど考えたことはありませんが、行く末の心細さに、どこからか養女を貰いうけ、その子を十分教育し、老後の面倒みて貰おうと、心当りを探したことがあります。でも、眼鏡にあつた子供はみつからず、いつそ私の体を僅かながらも財産ぐるみ引き取つてくれる老人はいないかと物色したりしましたけれど、さつぱり耳よりな話にぶつかりませんでした。そんな四十女の鼻先きに現われた捨七さんは、前世からの宿命でもあるかの如く、凡そ独身を観念し、あんな非人小屋の住居に根を生やしているようですが、人間註文と実際とは中々一致しない道理、まだまだ相当色気もあれば体臭も強い人なら、こつちの出方ひとつで、どうにかならないものでもないと、私は心ひそかに期するところがありましたが――。

温泉旅館なんかつ、い、い、えで、それだけのお金があれば新しい畳が二枚買えて、小屋の中が見違えるようになるし、こちらにも近くに水上、伊香保の温泉郷あり、案内したいから是非一度出ばつてきてくれと、やいやい手紙で毎日のほど云つてやりますと、その甲斐あつて、八月の十日時分、当地へくるという速達が届き、翌日前橋駅前から宅に連絡がありました。今か今かと、文字通り首を長くしていた電話口で、私は言葉遣い穏かに、私方へくるに便利なバスとその降り場所等教えました。小田原では、毎度出迎えをうけている身ですが、私は故意に家で待っており、弱味を隠すかのように顔におしろいひとつ塗らずでした。捨七さんは、色の褪めたワイシャツにズボン、下駄穿という相変らず構わないいでたちで、門を這入つてき、しゅうかいどうを生けた朱色の鉢が置いてある玄関に立ちました。割烹着をひつかけたまま、出て行つてろくな挨拶もせず、私はまん中に穴みたいな炬燵の切つてある茶の間へ通しました。捨七さんは、かまぼこを土産にしていました。手紙で云つてやりました通り、私はそれから奥さまサーヴィスにとりかかり、その間捨七さんはダリヤの一杯咲いている花壇の中を歩いたり、飼犬の頭を撫でたりしていました。

仕出し屋からとり寄せた、二三品の料理で食事後、彼氏を先に門から出し、渦巻模様のゆかたに着換えた私は少し遅れて表へ行き、二三町きたところで二人は肩を並べ、暗がりでは手をとり合つたりして、県庁近くの盛り場など見物し、一時間ばかりたつて家へ引き返しました。

二階の八畳へ、床をとりました。明るくしていると、近所からまるみえとなる恐れがありますので、又雨戸をしめ切つては、やはり暑いわけですから、枕もとに紫色の電気スタンドだけ置くことにしました。風通しのいい座敷は、うちわを使う必要のない位涼しく、二人はそれぞれ寝巻姿となり、長くなりました。黒いのと白いのと二疋の猫が、追つても容易に階下へ降りて行かず、これには大分迷惑してしまいました。

いわば手ぐすねひいて、待ち構えていた私は、自分の家の中とて気も自然と大きくなり、はずかしさ外聞等一切そつちのけ、夜が明けまるで捨七さんを眠らせず、段々相手をてごめにするが如くしまいには殆んど馬乗りになつて、最後の一滴まであまさず搾り取らずには置かぬといつた血相のかえようでした。根が痩せ我慢なたちらしく、捨七さんもその都度私の強引ぶりにひるみをみせまいと立ち向うようでしたが、明方には虫の息となつてしまい、いまいましげに白眼をむいて、私の勝誇つたようなしたり顔をねめつけるばかりでした。

調子づいた如く先きに床を出、私はまめまめと風呂のお湯をわかしたり、膳ごしらえにかかつたりして、大体支度の出来たところで、捨七さんを起こしました。と、彼氏はよろよろと階段を降りてゆき、お湯にはいつて、上ると落ちくぼんだ眼を霖むさくしよぼつかせながら、茶の間の茶餉台に向いました。そして、奥歯がそつくりなくなつている歯の先で、鼠がものをたべるように鰺の干物など骨ごと嚙んでいました。

私は先きに箸を置き、折目のなくなつた捨七さんのズボンに電気アイロンをかけたりしました。伊香保か水上あたりへというのを、彼氏は殺風景にきまつた赤城山にしようときかず、食後のあとかたづけもそこそこ、私は薄いブリュウのツウピースを着て、二人は一寸間隔を置き、門を出ました。

バスは、前橋の市街から、青一色の田圃へかかり、間もなくジグザグのゆるいカーヴを登り始めて、正午少し前に頂上の湖水のほとりへ到着していました。

湖水の半分は雲がかかり、周囲の山々もみえたり隠れたりで、二人は身ぶるいが出るほどの寒さに襲われました。バスの発着所みたいな茶店へ腰をおろしましたが、捨七さんは矢鱈湖水の方ばかりみやり、まともにこつちへ顔を向けようとしません。昨夜私のやつてのけた、山猫じみた狂奔振りに、腹の底から辟易してしまい、そのツラ見るのもけがらわしいとするかのようでした。流石の私も、はたにひと目の多い場所ではとりつく島もなく、何をのもう、たべものは如何？　などと猫撫声装つてしきりに相手の機嫌とる模様ですが、皆目その利目がありません。木の根ッこ然とかまえる独身居士も、こつちの方寸ひとつでと心に描いていた私の皮算用も、いい加減あやふやなものになつてしまい、二人共白けきつた鼻と鼻を向け合つたまま、眼は別々の方角を向いたきりという恰好になりがちでした。

寒くもあつて、湖畔へ長居もならず、一時間もたたない裡、帰りのバスに乗り、まつすぐ前橋へ戻りましたが、いくらそう云つても、捨七さんは私の家の近くで降りようとしません。口利くのも大儀な位、くたくたに疲れきつているのに、その儘汽車へ乗り、小田原へ帰るのだと強情をはり通します。こつちの口がすつぱくなる迄、もうひと晩前橋で過ごし、十分疲労をなおした上で（これは保証の限りではありませんが）とたつてとめても更にその効なく、停車場へ着きますと自分で切符を求め、ぷいと捨七さんは来合わせた上りの三等車へ乗り込んでしまいました。うまい工合に、窓の方にひとつ空席がありました。私は、急いで駅弁を一個買つてき、どこまでも仏頂面している人へ手渡し「私、あしたか、あさつてお伺いするわ。いいこと？」と、いつそ追い縋るようなもの謂です。が、捨七さんは、うんともすんとも云わず、心持ち面倒臭そうに頷いてみせただけでした。汽車が動き出しました。私は長いこと、ホームに突ッ立つていましたが、先方は顔ひとつ手ひとつ窓から出そうとはしませんでした。

翌日、小田原から速達が届き、急ぎの仕事がきていたから、当分来訪謝絶と、木で鼻をこするような簡単な文句です。てつきり、これは嘘、留守中婦人の客がみえていて、その為め私を敬遠する底意と読みましたが、それを云つてはあまりはしたないと一応胸に畳んで置き、赤城行はさんざんだつた、私のおもてなしに行き届かぬ点もあつたのではないかと悔いているなどと書き、二十日過ぎたら又お目にかかりたい云々と、折り返し小田原へ便りしました。山の寒さが祟つてか、私はその晩に七度以上の熱を出し、咳をし始めたりしましたが、二三日すると回復していました。もの心ついてこの方、時々歯痛に見舞われる以外、病気らしい病気をしたことのない頑丈な体でした。

そばで添寝しているつもりで、床の中でも読んでくれと、こちらから毎日ほど出す手紙に、速達以後は小田原から一回も返事がありません。やっぱり、仕事は口実で、私の知らない女性と好きな日を送っているように邪推ばかりされ、いっそヤケ糞半分、こんな手紙を出してしまいました。「人並みに、家を借りたり、間借りをなさるのが、かえって不自由とおっしやるあなた（ちゃんとした家へはいっても私ころがりこんでゆくようなまねなど決して致しませんわよ）は、たしかに変ったところの多い方です。電燈もつかぬ、トイレもない、朽ちかけた小屋へ独り起き伏し、街の若い女に食指動かし、欲情のままに娼家の客ともなり、そして時たまあなたの変人振りを物珍しげにのぞきみにくるいろいろな境遇の女達とも、その場限りの動物じみた情交を重ねて、恥じぬ老作家よ、あなたは。――そういう多情なあなたと知りながら慕い寄る女よ、哀れなるかな！　俺のどこがいいんだとおっしやられても、今の私には何んとお答えしていいかわかりません。只、あなたが好きなの、とでも申しましようか。あなたの書いたもの、とり出してひとつひとつ読み直しかみしめてみるのですが、あとに残るものといえば、ゼンマイのこわれたロボットの玩具みたいな頼りない老人の姿と、年のわりに性慾旺盛な生臭味の多分に残つたむき出しの男、それだけです。あなたから、性慾というものをはぎとつてしまつたら、どうなるのでしようね。あなたの今までの作品は、皆あなたの青年のように激しい性慾をもとにして書かれていると思いますの。そうした精力家のあなたやあなたの作品が好きなのは、私も亦あなたに負けぬ精力絶倫な女なのでしようね。あなたの移り香をそつと胸に抱いて、今宵も独り寝の侘しさをかこつ私なのです。――では又おあいする日まで。」

翌日になると気が変り、昨日は大変失礼な手紙出したが、あれは私の落書、根も葉もない戯文と思つて許してくれるよう、是非一行でもいいから、お便り待つと書いたりしましたが、依然として何の音沙汰なく、ことに依ると病気してあの非人小屋へ伏せつているのではないか、ペンがとれなくなつているのではないかと気を廻し、その旨問い合わせてもさつぱり何んとも云つてきません。看病する人の、居場所すら心許ないような小屋の中で病気されているよりは、その時の虫の居どころで書いてしまつた先達の手紙に腹を立てたものと解釈する方がまだしも気が楽のようで、そんなに執念深くいつまでも怒つているなら、私も二度と小田原へは参りませんから、などと嚇してやつても更に手応えありません。どうしたことかとよもやにひかされ、しようこりなし毎日書き送る手紙が、ひと月近く続けざま握り潰しの憂目を喰つたところで、いよいよ引ッ込みがつかない羽目に陥り、意地も手伝い当つて砕けろと、私はいつもの通り留守番を近所のおばさんに頼み、東京に途中下車するような寄り路もせず、まつすぐ小田原へ立ち向いました。九月にはいつて間もなくの、前橋へんでは朝晩の冷えこみ方が可成身に沁みるようになつていました。

鉄無地の結城のひとえに、白ッぽい帯を下目にしめ、銀皮の草履に足袋、黒いハンド・バッグをかかえ幾分そり身となりながら、小田原駅へ下車しました。地方都市の婦人会長或は生花の師匠の代稽古格とうたつても、あながちひとに怪しまれない私の風態だつたでしよう。集札口を、押されながら出て少し行きますと、傍に捨七さんの立ち姿でした。相変らずの、ワイシャツに下駄穿きといつたいでたちですが、日に焼けた顔色始め、一向に病上りのそれらしい翳など嘘にもありません。二人の視線があいますと、つかつか私はその方へ進んで行き、背丈の殆んど違わない人の肩へ、どすんと自分の肩口をぶつけていました。捨七さんも、仕方なしの苦笑いです。ひと月ぶりにみる彼氏は、残つている前歯のまん中が一本抜けて、急に醜くく老いこんでしまつた様子でした。

駅近くの、さる料理屋の二階の小間に連れこまれ、ビニールの白い上敷した四角な茶餉台を挾んで、どちらも膝頭を堅くしたように坐つていました。相手の顔色で、やはりいつぞやの手紙が祟つたかと改めて知りました。ご機嫌斜めの時は、細い眼がつり上り三白眼となるらしい捨七さんを、額ごしうかがうようにしながら、くどくど弁解やら謝罪の言葉を続けます。これまで、ひとを傷つけた覚えなんかなかつたし、そんなしくじりしてしまつたら、自分も一生涯浮ばれないことになるなどと、一寸ひと聞のいい台詞もどきの文句までつけ足し、総体眼を除いて造作が大きく、その癖感情が表に出ない、お面のような角ばつた顔に涙まで浮べる始末でした。捨七さんは、ぷすッと痩せた顔面硬直させたきりで「あんたがきてしまつたからこつちの負けだ。」と、そんなことより云わず、ライス・カレーが二皿現われますと、早速もぐもぐたべ出していました。すすめられるまま私も銀の大きな匙をとりましたが、まるきし口に入れたものの味がしません。中途で止め、捨七さんの匙おく間を待つばかりでした。却々のいつこく者らしく、食事が済んでも、彼氏は別段釈然とした面持ちを示さず「新生」をふかし続ける

ようです。私は、ひと膝茶餉台の中へはいりこむようにして、

「あなたが、駅へ出ていて下さるなんか、私ちつとも考えてやしませんでしたの。まつすぐ小屋へ行つて、あなたがわざと居留守を使つていなかつたら、坐りこんで待つていようと思つてきたのよ。一日でも二日でも――。」

「多分、そんなことだろうと、こつちは先廻りして駅へ行つてたんだ。」

「たべるものもたべず、そのまま坐りこんでいようと――。ハン・ストする覚悟でしたわ。」

「フ、フン。」

「でも、こんなふうにお逢い出来てよかつた。あなたが帰つてこず、ローソクつけたりして、ひと晩中あすこで待ち明かすようだつたら、私――」

と、わが身が不憫そうに、又涙をにじませていました。

「もう、とつつかまえたんだから、あんたの勝だよ。」

と、捨七さんは、抜けた前歯の上下みせ、ひしやげたように笑いますが、眼色は一向に変りません。

小さな料理屋を出、城址の方へ歩いて行き、うしろは、大正の大震災の折崩れてそのままになつている石垣、前方に誰もいないテニスコートをみるロハ台へひと休みしました。

「あの手紙ね。一時は正直、ムカッ腹たてたんだが、読み返してみると、半分位は図星なんでね。――ゼンマイのこわれたロボットの玩具だ。だから俺は遠慮しようと思つたんだ。それと

一緒にあんたをはつきり忌避する気にもなつたんだ。」

手紙を恰好な云いがかりに、私から手を切ろうとしていた捨七さんです。外の点は兎に角、逢う夜毎すさまじいものに早変りする独身の四十女は、所詮肌に合わぬと匙を投げていたようでした。

「あんたは、俺のことも、青年顔負けの、何んのと書いていたがね、俺の元気なんかもう底がみえている。いつかもあんたに冷かされたが、いわばラスト・スパークみたいなものさ。――先の知れたそんな者とは、いい加減にして切り上げるのが、あんたの身の為めではないかな。」

と、問わず語り、繰り出す言葉に、私はただ眼を白黒させるのみで、満足な受け答えが出来ません。「こんな者とつき合つていたつて、いずれ一緒になるという約束がある訳じゃなし、物質的にも何の得になりやしない。――せいぜい、相手が相手だから、裸にされる気遣いはない位が、みつけものというだけだろうからね。」

私はぎくッと、耳を澄ませ加減です。

「小説でも書かなければ、つくづく立つ瀬がないと思つてね、その方には結構打ちこんでいるつもりだが、それだつて銭とりとしてはやつぱり浮草稼業でね。今日あつて、明日はどうなるかというような性質のものでね。――としはとつちやつてるし、仕事は仕事だし、あんたには非人がいる所だと悪口ばかりいわれているが、この儘小屋でねばり通し、女がほしい時は『抹香町』みたいなところへ出かけ、外骨が皮をかぶつたような女でも何んでも抱いて、しのぎをつけて行こうという肚なんだ。それが分相応と納得しているんだね。」

と、捨七さんは、世捨人然と、一応悟つたような口上ですが、なんか自分一人いい子になつているてぃの耳障りもあれば、聞き手が私でなしに、格別お気に入りの女性なら、却々そんなふうには云い切れそうもないみえすいたものもうかがえるようでした。

「ま、こんな先の見込のない人間なんかと道草喰つてる暇に、然るべき男を探した方が利巧じやないか。あんたはまだ四十だ。その気になれば相手がないことはない筈だよ。」

「余計なお世話よ。」

と、私は肩口をしやくり上げ、つんと傍の竹藪の方へ、媚を含んだ眼をそらしました。

「あんたは馬鹿だ。——馬鹿な女にみえるなァ。」

と、捨七さんは、困つたような顔つきで、意味のあいまいな笑い方をします。

「何んでもいいのよ。——満足なんですもの。」

「と云つて、先々どうするんだね。」

「七十になつたら、養老院へ行きますわッ。」

と、うわずり気味、私はそんなに口走つていました。ご自分でも、そうした公共施設に老後を托そうという気がないでもなく、面倒臭くなつたら死んでしまえとも思つているらしい捨七さんは、私の投げ台詞にこけた頰のあたりをふッとひきつらせました。

コート前のロハ台も、日がかげり気味の、二人は聽てそこから城址を抜け、町中へ出て、時間つぶし旁々、来合わせた映画館にはいりました。丁度前の方の座席が二つあいていて、暗がりを幸い、私は太股のあたり、隣りとくつつくようなかけ方し、映画をみていました。刀を抜いて、荒くれ武者が斬り合いの場面になりますと、首すじうなだれそれが過ぎてしまうのを待ちました。

映画館を出ますと、外はすつかり暗くなつており、途中蕎麦屋へ寄つたり、林檎にサイダーなど買い求めたりして、海岸の小屋へやつてきました。あたりは、もの音もラジオもせず、ざわざわと渚に寄せる波の音ばかりでした。

先へ上つた捨七さんについて、忍び込むように梯子を登り、皮のすりむけた畳の上へ申し訳みたい一枚うすべりの敷いてある狭苦しい場所へ坐りました。彼氏がローソクに火つけますと、私は林檎の皮をむいたり始めました。三度三度外食で、野菜類に不足しているとかで、捨七さんは林檎を丸ごと噛り出します。小田原へ着いた当座、去る者は追わずといつた硬い面構え向けがちだつた人も、二人きりローソクのあかりの近くにいますと、段々相好を崩し加減ともなるようでした。

ビール箱のぼろ机片寄せ、一杯に木綿の掛け蒲団をのべ、海の方に当る端に、平たい枕と座蒲団を手拭でくるんだそれとが二つ置かれました。捨七さんは、枕もとに灰皿を用意したりし、猿又にワイシャツといつたいつもの恰好で横になりました。私の方は、寝巻を用意してきませんでしたので、水色の薄い襦袢に棒縞のお腰姿で、即席の枕へ頭をのせました。観音びらきはあけぱなされていますが、風は死んでいるかして、真夏と一向に変りないむし暑さです。ローソク消して、薄暗らがりになりますと、間もなく捨七さんの腕がのびてきて、私のふっくらした乳のあたりへまつわりつき「あれからね、一度も『抹香町』に行っていないんだよ。」などと、囁きます。それを半信半疑にきくしかない私も、ひと月振りに嗅ぐ彼氏の強い体臭にもう皮膚の色が変っているようです。

向う向きとなり、捨七さんがかすかな鼾声して眠っている間も、私はその背中にぴったり寄り添い、片手をのばしてあすこのところを握り続けておりました。

——三十一年十一月——

# 火遊び

私は、数えの四十三歳、東京のある高等学校の教頭を勤めているものです。別段これといった取得のない人間ですが、私立大学を卒業した春から中学の英語教師となり、その儘鳴かず飛ばず二十年間、同じ学校の教壇に立ち続けている裡、戦後間もなく高等学校に昇格しましたので、現在は学校で一番の古株という訳でした。自分より年輩の教師や、東大出の学士もいる中で、教頭という要職につきましたのも、私が一つ学校に勤め抜いた愚直さを買われたものに外なりません。

妻とし子は、数えの四十歳、中学教師となつたとしの暮に結婚しました。遠縁に当る者で、お互の間には、恋とか愛とかいうような模様もなく、雙方の親共の口ききで簡単に縁組され、その後長年月を二人でやつてきましたが、喧嘩らしい喧嘩ひとつしたためしとてなく、無事に平々凡々裡に過ぎていました。妻に子がないことがキズでしたが、これも遠縁の子供を、三歳の時から養女に貰いうけ、手塩かけて養育し、今では中学へ通うようにもなりましたし、貰われてきた当時の記憶がない子供は、私達を本当の親と思い込み、こちらも実子同様に距てのない愛情を注いでいます。もう一人、生れつき病弱で、慢性の胃病持ちで、一年のうち二三カ月は寝こむのが習いとなつている妻の為、私達の田舎の方から娘を頼んで来、女中働きして貰つています。

乏しいながら、先ず生活は保証され、家庭が無風状態で、子は日まし成長して行けば、今時あまり苦情の云えた義理でもない境遇だつたでしよう。又、一介の教師らしく、酒煙草は全然やらず、道楽といえば、原書で英文学の古典を漁り読みする位の私で、妻も貧しい世帯のやりくりがうまく、買いもの上手の方で、編みものなんかの手先仕事も丹念にやつており、ひとつは病身から、外へ出かけるのがおつくうなのでしようが、銀座あたりへも東北の田舎から嫁いできてこの方数えるほどしか行つておらず、家の中へ閉じこもり勝ちの、からきし旧式な女のようでした。ただひとつ、娘時代から、詩や短歌をつくり、いまだにそんな慰みごと続けている妻は、月に一度は新劇の舞台や評判の映画をみに出かけ、文芸雑誌や小説本なども小遣銭の許す範囲内で購読しておりました。その間には戦争もあつた二十年、一つ世帯の下にいながら、腹を痛めた子がない故と云う条、依然として乳臭《にゆうしゆう》を帯びた文学少女気質が抜け切つていないところは、まるで嘘のような事実でした。

十一月の中頃です。小田原在の旧蹟見学という訳で、子供は級友五六十人と一緒に、受け持ち教師に引率され、朝早く出かけることになりました。妻は、いつもの出不精に似ず、子供のつき添い役を買つて、共々小田原急行電車に乗り込みました。終着駅で電車を降り、子供等の一隊は、歩いて一時間以上かかる、豊臣秀吉が築いて現在は畑の中に石垣の残骸だけ残っているという一夜城址を目ざし、妻は子供と帰りの時間を打ち合わせて隊伍から一人離れ、駅の洗面所へはいりました。骨太の割に痩せた、五尺少しの上背ある体に、茶色のツーピース、紺の合オーバーをひっかけ、黒の中ヒール穿いていました。としにしては薄い頭髪を短かく切ってウェーヴさせ、おしろいは塗らなくても結構白いことは白い幾分角ばった顔の、唇だけ染めていて、洗面所の鏡のぞきながら、頭髪の恰好など直し終って廻れ右し、ひと足外へ出ようとしたところで、ぱったり川上捨七氏に鉢合わせとなりますと、いきなり妻は同氏の皮ジャンパー着た利き腕を摑みにかかり、いっぺんに顔色かえるようでした。

川上氏へは、今日午前中お尋ねするから、と妻は速達出していたものです。この数年間、とし子は私小説家川上氏のファンの一人でした。氏のよく書く「抹香町」ものや、若い女工さんと五十過ぎたやもめ男との恋情小説等の、どこがそれほどよくて惹きつけられるのか、私も時々は川上氏の作品を読んでいますが、妻の場合は私の理解を超えるもののようで、通りいっぺんの愛読者としてはその傾倒振りも一寸常軌を逸しているやに推量され、近所に五十過ぎても中間小説類を愛好している親戚の文学老女がおり、これなども川上ファンの妻にいやがらせを再三いってみる位ですが、余計なお世話とばかり、当人てんで耳を貸さぬ有様でした。が、しかし、二十年間私の許にかしづき通し、所謂貞淑そのものといっていい妻の実績は、私の口から下手な差し出口控えさせ、いっそ川上氏の小説をほめる妻と調子合わせるよう姿勢を余儀なくされるようでした。

三四年前です。親子三人水入らずで、週末に伊東温泉へ一泊旅行試みたことがあります。その折、妻は私の諒解を求め、小田原へ途中下車し、始めて海岸の物置小屋に川上氏を訪問していました。受持ちのいたずら小僧が、一寸した過失をしてのける前触れに、教師の顔色うかがうような、罪のない甘え振りみせて出かけて行つた妻は、ふた汽車ばかり遅れ、私達の上つていた山寄りの小さな温泉旅館に帰つてきました。氏の顔みただけで、ふだんの思いがかなつたとあるような他愛ない妻のご機嫌な面相に、私は内心ほッとし、かえつて自分の気の廻し方を悔いるようでしたが——。

それから、みつき位たつて、妻は又海岸の物置小屋を訪ねていました。川上氏は、妻を行きつけの食堂へ同伴し、上等なすしなど提供されましたが、彼女はやいやいすすめられても三個ほどよりのどに通らず、それから食堂を出、氏は近くの小田原城址へ案内し、天守閣の跡に場所柄もなく百貨店の屋上みたい、大きな展望台が設けてあるあたり見物させ、ロハ台にひと休みということになりました。前面には、青葉若葉の木の間越し、相模灘が光つており大島もみえ、川上氏はいろいろ景色を説明しますが、小田原といえば同氏の存在より外頭になかつた妻は、いつそあつけらかんとした面持ちです。する裡、川上氏は、寄り添つている妻の手を、そつと握りかけました。とし子の手は、顔や形と別人みたい、ほつそりとしなやかに、白魚のようです。握られますと、妻は悪寒が背筋を走る如く、ぶるぶる身ぶるいしました。私という者以外の男からそんなにされたことのない女でした。思いがけない反応に、川上氏はいささか度胆を抜かれ、改めて妻のしやくれ鼻で、口もと大きく眉は男のそれのように濃くて短かく、二重瞼の眼もとだけすがすがしい横顔に見入つたりしました。

軈て、二人はロハ台をはなれ、天守閣跡の前の広場の、まわりに狐や狸、孔雀やおしどり等の檻や何かの並んでいるほとりを過ぎ、石垣の崩れた間を抜けて、左手は野球場、右手は汽車の線路のみえる路をくだつて行きました。妻はものも云わず、自分の手を握りながら歩いている人にもたれかかり、時々思い余つた溜息洩らしたりして、顔色には血の気がなくなつています。同じ路を下の方から、金釦の学生と赤い上衣着た事務員風の女が、並んで登つて来ます。と、川上氏の肩口へ、斬り取られたように載つていた妻の首が、いきなり向きを換え、その唇がぴつたり連れの口もとに向けられるのです。間髪を入れない呼吸で、川上氏も妻の註文に応じるしぐさをしてのけていました。ひと息入れると、とし子は宿望かなつたというみたい、満足の意思表示をし、前どおり蒼ざめた顔つきして歩き出しました。妻と並んで、線路をまたぐ陸橋越え、川上氏は小田原駅の裏口までとし子を見送るつもりのようです。これをいつそ迷惑がり、妻は路々幾度か辞退しましたが、氏は一向に引返しそうにありません。二人は裏口の小さな駅の建物がみえるところまで来ました。そこで妻は、思いきり烈しい口調になり、まるで行く手をはばむ者を追つ払うようなことを云い放ち、まつしぐらに切符売場へ駈け込みました。一方川上氏は、ぽかんと口をあいて棒立ち然と、とし子の火のついたような取り乱し振りに目を丸くしているふうでした。

その折の妻の仕方が祟つてか、それからちよいちよいとし子は小田原へ出かけているのですが、一度もいい目に逢うことなしのようでした。ひとつは、川上氏に愛人が出来たせいでしょう。豊橋へんの二十三四歳になる女工さんと、氏は懇《ねんごろ》な関係に陥り、当人同士夫婦約束までする熱し方で、そんな次第が次ぎ次ぎ作品となり公開されておりました。が、若い女工さんは養女の身で、家のあとをつぐ者とあつて先方の両親が承知せず、川上氏に走るか、豊橋に止まるかという土壇場まできたところで、女工さんは結局小田原往来を断念したもののようです。氏の打撃も可成のようでしたが、疵口がまだ乾ききらない裡に、今度は東京、赤坂へんの待合女中を長い間していた色白の三十女が、氏の前に立ち現れ、一種の体当り戦術で同棲を求めていました。心より手が先に出る式で、川上氏はその者と早速関係を結び、先方も三日にあげず東京から足を運んできましたが、幼時に両親をなくし兄弟縁も薄く、待合奉公する前二三ひとの妾のようなこともしていた女は、おのずとひと筋縄では行かない頑な性根が出来上つていたりして、こつちも多年やもめで通して相当依怙地《いこじ》にもなつている五十男とて、二人の仲がと角折合えにくく、川上氏は中々同棲を渋りがちの、とど三十女の方が匙を投げてしまつた形で、その間子をおろしたりした関係もあつけなくそれッきりとなつてしまいました。そんな出入りを、例に依つて作品で逐一読まされている妻は、自作の詩を同封した手紙出して置いて、約半年振り海辺の小屋を訪問してみますと、氏は笑顔をもつてとし子を招じ入れ、妻は二度目の接吻という無形の土産持参で帰京しました。それが昨年の夏のことです。その後、川上氏のファンで、氏と同棲、結婚しようというような野心家は一向現れないらしく、時々発表される作品にも、氏が若かりし日、はたちそこそこの女と共に、いろいろ世路の困窮その他をなめる甘辛な昔日《せきじつ》譚《たん》ばかりでした。多分氏は、素人女と一応縁がなくなつたところで、従前通り「抹香町」とやらへ赴かれ、娼婦を抱いてなんとかその方の恰好つけていたことでしょう。

今年になつて、妻は六月の月末に、氏の小屋を訪問しており、次に今回子供の見学旅行に便乗しての小田原行という次第でした。

○

駅の洗面所前でぶつかると、氏と妻は城址の方角へ歩き出しました。小柄な川上氏は、中古品の皮ジャンパーに、くたびれたズボン下駄穿きで、中ヒール穿いた洋服の妻とは、背丈は丁度似合いのようですが、十五近くとしの違う氏は、ズボンのポケットへ両手突ッ込み、猫背のように背中を丸めて、足の運びも田圃の畦でも歩くような、どたばたとひどく爺むさいようでした。

緑色の陸橋を過ぎて、城址へは登らず、反対側の線路沿いの崖道を通り、左手にひつそりした競輪場を眺めたりしてから、アスファルト敷いた路面は急勾配となつて、両側に色づいた紅葉、黄葉がせまつてきたりしました。病気除けとあつて、降つても照つても、日に二三時間はこの辺から山にかけて散歩する習慣のある川上氏は、足どりに似ず達者のようで、病弱の妻も肩で息するようにしていながらも、影が形に添うように、負けまいと登って行きます。雲一点ない秋晴れの空で、両人の足許にはくつきりと短かな影法師がからみついていました。坂道を登り切つて、貯水池の傍にかかりますと、狐色に素枯れた雑草の中の路は大分平坦になりました。

川上氏は、皺ッぽい面長な顔に、はりつけたような苦笑いを浮べながら、

「あんた、俺が女日照りでいると狙いをつけてやってきたのかな。」

と、隣りのとし子をのぞき込みます。そんな毒気含む言葉遣いに、妻はいつたん顔をそむけましたが、追つかけて、

「どうせ先生には、私行き摺りの女でしよう。解つています。」

と、幾分、反撥気味です。

「いや、あんたが、浮気や出来心でくるんじゃないことは俺にも見当ついているんだ。とびとびだが、もう足掛け四年になるつき合いだしね。」

と、相手にほだされ加減な口を利き、

「でも、俺には、あんたを受け入れる用意がないんでね。」

と、川上氏は、腹蔵のないところを申し述べました。

「それでいいんです。――でも。」

と、妻は口ごもります。氏に嫌われ、どんな扱い受けようが、生きている限り思い続けるなどと、片思いの意地を貫くとあるような手紙を書いたりしているとし子でした。

「俺もだらしないんだ。あんたをずるずるべつたりにひつぱつているようでね。」

と、川上氏は弁解まじりです。それというのも、氏は作品としてまだ発表してこそいませんが、この頃前橋の方で、小金もあつてひとり気楽に暮らしている四十女と関係が出来「抹香町」には用のない人となつているのでした。が、当の相手と何の約束ごとも成立しない間柄で、雙方心は許さず体だけを共同目的に、月に一二度結ばれている工合でした。どうしたことか、くるくるといつていながら、ここのところひと月近く、前橋の婦人が姿を見せていません。へんにつもれば、妻の来訪は、知らぬが仏の彼女にとりまさにチャンスだつたとも云えましょう。

紅色した葉ッパつける、桜の木の下を二人はゆつくり歩いていました。

「あんた、この夏も、新潟県の山奥の温泉場に行つてたそうだが、そんなにいいところなの。」

「ええ。汽車から降り、バスで三時間近くも山の中へ這入るの。佐梨川《さなし》という川に沿つて、二軒だけ宿屋があるのね。電気はきてることは来ているんだけど、自炊客が多くて迚も療養向きよ。お湯は濁つて、あまり熱くもないんだけど、消化器病によく利くんですつて。」

「そういう鄙《ひな》びた温泉場へ行つてみたいな。これからは寒いんで駄目かね。」

「寒いことも寒いけど、多い時は雪が二丈余もつもるそうよ。何しろ、吹き溜りで雪の深いところだから。」

「スキーの出来る人間でなければ意味ない訳だな。」

左に折れて、芝生に二人は腰を下ろしました。前方には、貯水池ごしに高等学校の屋根が並び、その向うには相模灘が一望されます。芝生のすぐ傍は樫の木林で、紅葉しかけた葉の群が日光にきらめき、木洩れ日に下草もやわらかな明暗を織りなしていました。

「この本、宿屋のお女将が出版したの。」

と、云つて、妻は持つてきた一冊の歌集を包の中から取り出しました。「佐梨川」とその背中の部分に銀文字が印刷されています。

「もう六十過ぎなんだけど、お女将さん今でも歌を創つているんです。おもに、冬の間だけだそうだけど。」

「ほう、羨ましい境涯だね。――たまつた歌の中から撰んで、一冊の本にまとめ同好の者に分けるなんか。」

「婿養子に商売は任せて、自分はご隠居というところね。でも、総白髪になつても、歌が出来るなんか立派ね。私、しよつちゆうお女将のいる炉端へ坐りこむようにしていたの。」

暫く、山の中の温泉場をめぐつて、話が尽きないようでした。軈て、とし子は自宅から用意してきたお弁当をたべ始めました。その間、川上氏は顔に白茶けた登山帽をのつけ、芝生の上へ大の字なりとなつていました。たべ終ると、一緒に立ち上り、尻についた枯草はたき落したりして、太くも細くもない、同じ高さの樫の木がすくすく立ち並ぶあたりへ這入つて行きます。

死に遅れたこおろぎの啼き声も細々と聞えてくるようでした。

木の間を突き当りますと、一寸した土手になつており、雑木の枝先かき分けるようにして上りますと、眼の前に青い海原が拡がり、陽ざしに霞んだ半島、白金色に光る漁船など遠く近く手にとれます。そこで氏と妻は、久方振りの抱擁をしていました。

小高い場所を降りて、土手の下づたい、すすきや蜘蛛の巣を払いのけながら、川上氏が先になつて歩き出しました。

「先生、よく汐子さんという女工さんと一緒に、このへんお歩きになつたのね。」

と、妻は、言葉に多少そねみをつけています。

「そんなこと書いたことがあつたかな。」

「ええ、一二度読んだわ。あの汐子さん、その後どうしているんでしようね。お便りないの?」

「去年の暮、一度手紙を呉れたがね。」

「先生、随分お好きのようだつたけど。」

「まあ、ね。ああいう、としのわりに気の練れたおとなしい子だつたしね。小田原へこないことになつてから、一生懸命工場で働いたそうだ。ほとぼりを醒ますつもりでね。余り働いて、病気になつてしまつたが、義理のある両親がよく介抱して呉れたと書いてきていた。」

「それからは別に何んとも。」

「何んとも云つてこないが、ね。」

と、云つて、川上氏は古疵が一寸疼くといつたみたいな思い入れです。

「あのう、よく部屋へ白菊を生けていたという『抹香町』の浜子さんね。あのひと、小説に書いてあつたように無料で結核療養所へ行つているの？」

「うん。胸の方だけでなく、としで体全体がもうがたがたになつていたから、大方骨になつて出てくることになるんじゃないか。」

「そんな——。私、浜子さんには逢つてみたいと思つていたわ。としも丁度同じ位だし、いいひとらしいし、一度逢つてみたいと……。」

両側は、黄金色した実を一杯つける蜜柑畑で、その間を行く道は毎日の上天気にふくらんだみたい乾ききつており、段々二人は丘の頂上にかかるようです。いよいよ、尾根づたいというところへき、又いつぷくと川上氏は路傍の雑草の上へ尻を置き、とし子も並んでハンカチ敷いて、スカートの端を抑えながら両足をのばしました。

丘一面、鈴なりの蜜柑畑です。背景には、丹沢、大山の山々がまどろみ、丘の切れ目から遠くの方まで出来たばかりの稲叢《いなむら》が指呼されるようです。生れて始めてみる展望に、すつかり眼を奪われた如く、

「私、一日、ここにこうしていたいッ。」

と、妻は駄々ッ子然と、川上氏の方へ肩を寄せます。目の下から、蜜柑摘むはさみの音ものんびり聞えていました。

いつぷくしたところで、氏は妻をせき立て、丘の尾根づたい歩いて行つて、下り坂にかかりますと、とし子のオーバーのポケットへ自分の手を突ッ込み、形のいい連れのそれを握りしめたりして、妻の方も心持ち染まつた首筋うなだれ、言葉少なにくだつて行きます。まるきし人通りのない、日のかげつた山路でした。街道へ出ますと、二人は来合わせたバスに乗り、箱根の麓に当る賑かな温泉場で下車していました。

溪間の紅葉は、花が咲いたように、見頃のようでした。水の綺麗な川に添つて、温泉旅館がつながつたり、又離れたりしているあたりを通り、行き止りの位置にある馴染の大衆浴場に、川上氏は誘うのですが、とし子はバツの悪いことでも持ち上り、相手に二度とくるななどと喧嘩腰になられたら百年目と、いろいろいつてようやく足の向を換えさせ、また路をひき返し、二人は又小田原行のバスに乗り込みました。

車の中で、海をみないことにはきた気がしない云々と、妻が申し出ましたので、氏もその気になり、並んで街中を海岸の方へ向いました。歩いてものの十分とかからぬ裡に、油を流したようにうねりの目立たない海のほとりへきていました、渚近くの砂に腰おろし、共々冬のくる前触れみたいな鷗の一群を、暫く目で追つていました。鳥等は雪を散らしたように舞い上つたり、ひとつ波間に集まつて、羽根を休めたりします。

「私ね、一年振り浅草へ行つたついで、易者に先生のことみて貰つたの。」

としは争えない四十女の口調ですが、いうことがふるつているようです。

「ほう、妙な思いつきしたもんだね。」

「そしたら、先生と私、とつても合性がいいんですつて。」

「フ、フン。」

「喧嘩したつて何したつて、生涯離れられない位に合性がいいんですつて。」

「ほう、そりや又大変なことになつた。」

「悪縁だと思つていて下さい。──お願いします。」

と、とし子は、しかつめらしくお辞儀しました。

「で、ご主人とはどうなの。一緒にみて貰つたのかね。」

「みて貰わなくつたつて解つていることですわ。」

「俺には、ご主人とあんたの仲がどうもよくのみこめない。一時の浮気沙汰というなら話はわかるが、そうでないとすると、どうもね。──やはり、中たるみ、倦怠期という奴かな。」

「いいえ、私、そうとられちや、いやなの。教師としても、夫としても、別にこれといつて非の打ちどころのない人なのよ。酒をのむんじやなし、女道楽する訳じやなし、真面目で堅い一方の、申し分のない夫よ。二十年間、云い合いらしい云い合いひとつした覚えないんですもの。」

「じや、始めから性が合わなかつたというのかな。」

妻は、ぎくッとなり、川上氏の横顔険しくうかがいましたが、

「もともと、遠縁の者同士、兄妹のように一緒になつた仲だし、あのひとは万事几帳面でしょう。私は娘時分からずつと歌や小説が好きで、今でも詩なんか作つているような女でしよう。だから、どこかどうしても——。」

「あんたはロマンチストなんだよ。いつか、お金の使い方がうまいだけが取得だとか、そう手紙に書いていたようだつたが。」

「世帯持ちはわりにいい方だと思つているの。でも、文学少女気質がこのとししても抜けていないのね。」

「詩を作つたり、小説を読んだり、新劇をみたりするのはいい趣味だよ。人妻の趣味としても結構なことだと思うな。」

「主人との間に子がないのもいけないのね。いくら自分の子のつもりで育ててきても、貰い子じややつぱり何んかね。」

「それもあるだろうね。」

「けれど、根本は性が合う合わないということじやないかしら。——そうなのよ。はつきり解つてきたような気がするわ。」

「ま、それはそれとし、ご主人あんたが小田原くること知つているのかね。」

「とつくに知つているわ。自分でも小説は読むし、親戚の文学老女が前々からたきつけてもいるの。私、その人が何んといつても、いつもそッぽう向いているんだけど。」

「だがね、俺にはあんたを受け入れる用意がないんでね。」

「そうなのね。——私、先生のところへ逃げて行つたら、きつと真ッさおな顔するでしようね。私には行きどころがないの。」

「ま、そう、一概なことは云い出さないで。」

と、川上氏はつとめて言葉遣いを軟らげながら、

「ご主人とは、仮りにしつくりいつていないにしたところ、子供さんがそばにいるんだ。あんた毎日の張合いになる者を持つている筈でしよう。まさか、貰い子だ、なんて余計なことは云つてないでしようしね。」

「あの、いくら、お前は三つの時、うちへ貰われてきたのだと駄目を押しても、全然受けつけず、あの子実子だと思い込んでいるの。ごく幼い時のことだから、なんにも事情知つていないのね。としのわりにきき分けもよく、学校も可成出来る子なんだけど、やつぱり血を分けた者でないせいか、育てるのが張合いというより、重荷のようだわ。」

川上氏は、たじたじのていで、いつそ邪慳に話の腰を折る如く、その場へ立ち上りました。鼻孔をつまらせたみたいな顔つきしながら、妻も尻を上げました。いつの間にか、海面の半分が鉛色にかげつています。

いつたん街の方へ出、弟の家へ廻つて郵便物とつてくるから、ひと足先小屋へ行つているようにと云い置き、川上氏は街角を曲りました。カマボコ屋の多い通りにある一軒の魚屋さんに

寄り、それからまっすぐ住居へ戻りましたがとし子の姿がありません。氏は、梯子段を上ると、赤い皮のすりむけた二枚の畳の上へ、新しい薄べりが一枚敷いてある場所に坐っていましたが、押入れから油垢によごれた西洋枕とり出し、ごろりと横寝姿になりました。

いつ時して、妻が小屋の入口に立ちました。既に何度か訪問しているところとて、勝手をよく弁えた妻は、とんとん靴のまま梯子段を上って行きます。両手に、つづみ型した大きな花瓶や、白・黄・海老茶とさまざまな菊の枝をかかえ込んでいました。

「停車場へ行ったの。」

「ええ。」

と、妻はありていに答えていました。図星だったか、と川上氏はゆっくり体を起こしながら、いつそ安易を覚えるといったふうな面持ちです。

「子供さんに逢えたの。」

「もうきやあっちやった。」

と、妻はむき出しな東北訛です。

「でも、帰りは一緒でなくてもいいって、云っていたから。」

「そう。——随分、沢山だね。立派な花だ。」

「どこかお水ない？」

「すぐそこだ。水道口があるよ。」

と、川上氏は、右手で入口の向側を指さします。隣りの長屋五六軒、共同の水道が表に設備されていました。

瓶にさした花をささげるようにして、妻はよろよろ梯子段をのぼり、靴をぬいで本が一列に並んでいる上へ、がさばつたものを載せました。ビール箱のぼろ机へ片肱あてがい、花の近くに鼻先をもつて行つたりして、川上氏は満更でもなさそうな様子でした。

「菊だね。いい匂いがする。」

「水の中で折つてさすと、一週間はもつわ。――私の身代りよ。」

と、妻は、そこが一番顔中で無細工に出来上つている大きな口もとをあけ、並びはいいが可成そッ歯な歯を丸出しにします。

「ありがとう。時々水をとり換えて、長持ちさせようよ。」

川上氏は、くるりと体の向きを換え、机に背骨をあてがい、大胡床となりました。オーヴァーぬいだ妻は、ツーピースのスカートの裾気にしながら、氏の太股にぴつたり自分のそのへんが触れるような横ッ尻となります。と、川上氏はすぐ妻の上体を横から抱き寄せ、とし子の顔も意思のないものの如く、相手の胸もとに運ばれます。

「やつぱり子供さんの帰り、気になつたね。――それでいいんだ。」

「だつて、あの子が帰つた時間も知らずじや、私うちへ帰れなくなつてしまうわ。」

「あんたは中々利口だ。」

いざという場合、ちゃんと帰りのすじ路つけ置く妻の周到振りが、かえつて氏に好都合とあるかのような台詞です。

「私、ちつとも利口なことあるもんか。」

「いや、あんたは利口者だよ。」

両人、頬ずりし、抱き合つて接吻続けます。

「私、帰るのがいやになつた。」

眉の濃く短かい顔面に血をのぼせながら、妻は呻くようなもの謂です。それと一緒に、川上氏の膝からすべり降り、肩幅のわりに腰まわりの詰つた体を反対側に持つて行き、くつたりと坐り直し、うつむいて顔を隠すようです。かすかに肩で息しているような気配でもありました。自分から膝を進め、氏は妻を横抱きにし、思うがままにしていました。

間をみて、川上氏が妻の肩口に手をかけると、くず折れるように上体をのめらせます。

「私、帰るわ。」

と、相手の利き腕はらいのけ、疼いたような仇なうわ目づかい、妻はじつと川上氏をねめつけます。口から、ふうふう、熱い息を吐いてもいるようでした。

「あんた、俺が苦しがつているの、解るかね。」

と、氏は、ズボンの釦で隠してある部分へ露骨な眼差を向け、本気とも芝居気ともつかぬ、そんな申し分でした。

「解るわ。」

と、妻も鸚鵡《おうむ》返し、言葉尻燃やしながらも、あとじさりの身構えです。両手の先で、スカートの裾をちぎれんばかりにひつぱつていました。

「ね、帰らして。――あまり遅くなつたら、うちへ帰れなくなつてしまうわ。」

と、額ごし、川上氏の出方を見守るふうです。とし子の利口(?)な点が格別気に入りとある氏は、腹と顔と別人みたい、うわべでは中々承服の色をみせません。

「小田急、二時間近くかかるでしよう。今からでも、東京へ着く時分にまッ暗くなつているわ。――帰して頂戴。」

どうやら得心の色示すと一緒に、

「あんたを受け入れる肚がきまつたら、このままじや帰さないよ。」

と、川上氏は、心にもないような、又全然そうとばかり受けとれないような一種の殺し文句です。

「ハイ。」

と、とし子にしては、心憎いほど歯切れのいい返事をし、ぬぎ捨ててあるオーヴァーを手許に引き寄せました。

川上氏に駅近くまで送られ、上等のハヤシライスなど御馳走になり、その夜の八時過ぎ、妻は代々木上原の拙宅へ戻つていました。

○

十二月に這入りました。

前橋に住む、小金持ちで独身の四十女から、川上氏の手許へ、折々便りはあるようですが、当人行く行くといつてきながら容易に現れず、氏はひと月以上も待ちぼうけという形でした。が、業を煮やして、例の「抹香町」方面に足を向けるのも不本意らしく、氏はあぶらののりきつた素人女の肉体が容易に忘れかねるもののようでした。

十日近く、千葉の友達に用があるから、といつて家を出た妻は、まるでお門違いの小田原へ出かけました。前日、電報で通知してあつたので、相変らず皮ジャンパーに下穿きの川上氏が、駅までのこのこ迎えにきていました。

春先のように、わりと暖かい日ですが、朝から箱根颪《おろし》が吹き荒んでおり、午頃になつても一向に衰えません。二人は、新築したばかりの喫茶店へ駈け込み、二階に上つて同伴席に仕立てられた、窮屈なニス臭い場所へ並んでかけました。妻は、和服姿で、焦茶色のコートに駱駝《らくだ》の肩かけ、故意に手袋はしていません。川上氏は、白魚然とした妻の手を握つたりします。妻の方は、電蓄から流れてくるメンデルスゾーンの聞き馴れた曲に、夢心地といつたふうな眼色となり加減でした。

紅茶にトースト・パンたべ終つたところで、又吹き荒ぶ空つ風の中へ出ました。街中一帯、ほこりが舞い上り、眼もあけてもおれず、顔を上げて歩いていることも出来そうにありません。駅前を横切り、細い通りへはいつても風は静まらず、すつかり辟易のていで、

「しるこ屋へでもはいつて休もう。この風じや沖も歩いていられない。」

「いやだわ。私、四時までに千葉へ行つて、ひとに逢わなきやならないし、ゆつくりしていられないわ。」

「だつて、まだそんな時間じやない。しるこ屋へでも行こうよ。」

「いやよ。——私、先生の奥さんじやあるまいし。」

と、妻は居直つた憎まれ口です。これは意外なことを聞くと、川上氏も一寸眉の根を険しくよせ、

「ひでえ御挨拶だな。」

なおも向い風にぶつかつて行くように、二人は上体を前かがみにしながら歩いて行つてガード下をくぐり、通りが三叉路になつたところから、左手に折れました。

「帰る、帰るというんだから、俺も無理にはひき止めない。——さつさとお帰んなさい。」

「まだ、帰らないわ。今きたばかりですもの。」

線路に沿う道は、もう少しで駅の裏口に出る見当です。先年、あとを追うようについてくる川上氏を、路上に棒立ちとさせたまま、自分は着物の裾に火でもつけたように仰山な恰好して、小田急の切符買い求めたことのあるペンキ塗りの小さな建物が、それと妻の眼に浮んできたり

して、とし子はわれから先踵を返していました。

もう一度、山颪に縦横砂塵を捲く、駅前の正面広場を通り抜け、倉庫など並んでいるあたりを過ぎ、城址へ登る細い道へかかりました。その道を途中から右に折れて、てっぺんに百貨店もどきの展望車が設けてある天守閣址の、丁度真下に当るところへ這入つて行きました。風は幾分静まつたようでした。

玩具の汽車が走る、狭い線路をまたぎ、少し行つて土壁にくり抜かれたホラ穴をくぐると、又二本線路が通つており、あたりに麒麟《きりん》の恰好した滑り台や、銀白に塗られてブランコなど並んでいます。二人は、ほつとした顔つき見合わせたりして、玩具の汽車の格納庫や象の恰好した滑り台に囲まれたピンク色のベンチへ腰かけました。妻は、横向きとなり、膝頭が川上氏のズボンとすれすれになるかけ方です。子供達や番人の姿は全然なく、うしろ側にある木立の葉をかき撓る颪のうなりが、折々すざまじく聞えるのみでした。

二人共、いくらかくつろいだ口を利き始めていました。

「あんたは、俺に女があると思つている?」

と、川上氏は、眼尻を下げ気味、にやにやした面相です。

「そうね。あるような気がするわ。」

と、満更思い当る節がないでもなさそうな妻の真顔です。とし子は、川上氏と硬太りした四十女の妙な関係など、まだ作品でお目にかかつていないので、知る由ありませんが、女のカンでそのへんの消息をなんとなく嗅ぎつけているみたいでした。

「あつても、あんた、くることはくるんだね。」

「私、先生の奥さんになる約束なんかしてないし、だから構わないわ。先生にそんな人があろうとなかろうと、私の思うことに変りないわ。——時々、きてもいいでしょう。」

と、妻は、二重瞼の眼を露ッぽくして、川上氏の顔をのぞきます。

「好きな時、いつでもいらつしやい。——俺に女なんかありやしないんだ。又自分の女ときまつたものがそばにいれば、あんたとこんなまねなんかしてやしない。」

と、氏は、ややムキに正直なところを云い出します。頷いて、妻がおしろい気はなくとも、牛乳色している白い顔を川上氏の方へ寄せますと、利き腕がのびて、二人の軟かい部分がもつれ合いました。

「ひとがみてやしない？」

妻は、顔を上げ得ず呟きます。

「いや、誰も。」

と、氏は云いますが、天守閣址から降りてきた三人の学生が、さつきからこつちをうかがつているのでした。氏が、その方睨むようにしますと、三人のうち二人は忽ち石段を降りて姿を消しましたが、一人は傲然と立ちはだかり、遠くの方から監視眼といつた塩梅式です。川上氏は、小癪なとばかり、あてつけがましく、続けざまとし子を抱き寄せるようでした。

帰る帰る、と云い張つた妻が前言取り消し、今度は小屋へ行つて休みたいと風向きかえましたので、川上氏が先になり、子供の運動用具にとり巻かれた場所を出て行きました。うしろに神社を控えた木々の枝から、いつせいに紅葉、黄葉が舞い上り、傍の大きな水溜へパラパラ落ちたりしています。

城址を離れると、又箱根颪は激しくなり、街中へ出ても同じようです。この前の時もそうだつたように、街角で川上氏は妻と別れて弟さんの家へ寄り、郵便物を受けとつて小屋にやつてきました。ひと足遅れ、妻は白・黄ふた色の菊をかかえこみ、梯子段を上りました。前のは、既に捨てられており、つづみ型の大きな花瓶に妻は新しい花をさし水道の水を満たして、ビール箱の机の端へ置きます。いつ時、二人は罪のない顔を合わせ、花色など賞するようでした。

観音びらきがしめきつてあり、小屋の中は薄暗い筈ですが、屋根やはめ板代りのトタンにあいている穴から日光が指し込んでいるので、視力の衰えた川上氏でも小さな活字が読める位です。が、思い出したように、風の為小屋中ぐらぐら揺れるのでした。

氏は、机に背中をもたせかけ、大胡床となりました。コートをぬいで、きちんと畳んで梯子段近くに置き、年齢相応くすんだ茶ッぽい着物に、白い絹天の羽織ひつかけている妻は、川上氏の肩口に寄り添い、楽な坐り方です。

「しやれた羽織だ。こんな生地もあるんだね。」

と、氏は感心しながら、手触りのいい羽織を撫でたりします。妻は、何んと思つてか、

「先生に上げる。」

と、云いさし、恥じらうようにうつ向きました。

「ありがとう。――だが、俺が女の羽織貰つたつてどう仕様もないなあ。」

と、氏は、前歯も一本抜けてしまつた、煙草のように臭い歯並み丸出しに、てれたような笑い方です。

「でも、上げる。」

と、口のうち、妻は眼差こがすふうです。

「俺は、あんたの為、いつまでもひとりでいることになるかな。」

「いいえ。ご遠慮なく。――いいひとがみつかつたら、いつでも奥さんにお貰いになつて。」

「まさか。貧乏なこんな皺苦茶爺イのところへ、誰が酔狂に、くる女なんかあるもんかね。」

「いいえ、まだ先生はお若いし、お元気だし、そのうち奥さん出来ると思うわ。」

「フ、フ。あんまり自分からみくびつたものでもないか。――じやね、万が一俺が女房もつたら、あんたそれでも小田原にくる？」

「ええ、時々ね。いいでしよう。きますわ。――でも、その場になつてみなきゃ解らない気もする。」

と、妻は、切ない言葉遣いです。

「なに、俺は死ぬまでひとりさ。先はちやんとみえている。――あんたも孤独か。」

「ええ。」

と、妻はうつむきざま、口ごもるふうです。

「ご主人と一緒に暮らしていて孤独か。——結構な孤独だね。」

「ひどいこと。」

と呟きつつ、とし子は川上氏の禿上つた額に吸いつくようなうわ眼づかいでした。

「あんたは可愛いひとだね。」

と、氏は、感嘆まじり、妻を乱暴に抱き寄せるのです。

そうされたまま、華奢な手をのばし、

「先生の耳、立派ね。」

と囁きながら、その厚い耳たぼなど、いじつています。

「私の田舎では、こういう形の耳を長者耳といってとても——。」

「まさか。——顔はほめないか。」

「顔はほめない。」

と、妻は、口もとを子供つぽく尖らせ気味、川上氏の手まで改めて気に入つたというようにとり上げ、上背のわりに大きくもあり、肉づきもまだたつぷりしている掌を、自分の頰にあてがうようでした。

ぐ、ぐつと小屋中きしみますと、妻は反射的に、その都度氏の胴中にかじりつきます。

「雪女になつて、この儘溶けてしまいたい。」

「雪女になつて、ね。――そして、あとはうすべりの上がぐしやぐしやに水だらけ。」

川上氏は、抱いている妻を突きのけるようにし、同じ手間でとし子をその場へ長くしました。そうされながら、一寸も抵抗の気振りみせない妻も、はみ出した長襦袢の裾は懸命な眼色でなおすようでした。

次いで、氏も横になりました。抱き合いながら、二人は火のついたように、接吻を繰り返します。そのことだけで、根こそぎ満ち足りようとするかのような狂態振りでした。

病弱の妻の方が先に疲れていました。

「際限がないわ。――もう帰らせて。」

ですが、川上氏は、抱きしめた両腕をゆるめようとしません。のしかかるようにして、とし子の唇を求めます。そんなにされる度毎、妻は又生き返りでもするように、情熱をかき立て、彼我の勢いにけじめがつかなくなります。

聽て、とし子は頭の芯までしびれきつたように、ふらふら体を起しました。

「際限がないわ。」

「時間にだけ際限があるんだ。」

「そうよ。だから帰らして。」

「まだ暗くなりかけちやいない。」

と、川上氏は、又しても妻を目がけ、飛びついてくるようです。

金切り声となつて、

「泊つて行けッて云わない癖して——。」

と、妻は、相手の急所を思い切り、衝くようです。手応えあつて、川上氏ものぼせッ面強ばらせますが、先刻百も承知とあるように、

「そいつは大事なことなんだ。こつちは云えないことだ。」

と、錆びついたもの謂となり、数えの五十六という年齢を一番先に持ち出し、異性との同棲など何としても手遅れの至りと、日頃から服膺《ふくよう》している所信のほどを、ひとくさり述べるつもりのようでしたが、何分にも息が続かず、結論の方が先になつてしまい、

「あんたも利口なひとなんだ。」

と、少々言葉に剣を含ませ、夫の前に一応顔向け出来る体で引き揚げようとしているではないか、そうだろうという意味合いを眼顔でつたえます。妻も、まつすぐ受取つて、眼頭曇らせ加減、

「でも、仕方ないんですもの——。」

「いや、それでいいんだよ。」

と、川上氏は、深く頷き煤けたような薄笑いを浮べていました。

やおら妻は、伏目がち着物の恰好直して、机の上に置いた立て鏡に向い、頭髪や顔をいじり

始め、ひと先ず繕えたところで、紙袋にくるんであつた四つ五つの蜜柑とり出し、膝にハンカチ敷いて、ゆつくり皮をむきます。

小屋の揺れ方も大分静まつた様子でした。むけたのを先に川上氏へ握らせ、

「先生、体だけは十分お気をつけになつて。」

と、実意こもるふうです。

「ああ、大丈夫だ。」

火鉢一つ置いてない、すき間風など吹き抜け放題な小屋の中を改めて見廻すようにして、

「これから、こんな火の気のないところで、ひと冬越すなんか——。」

と云つて、あとは妻の口から言葉とならないようです。

「何ね、永年の馴れだし、自分にヤキを入れるつもりで頑張るね。」

と、川上氏は、白髪のちらつく眉を上げ気味です。所謂炉辺の幸福というのを御存じない人は、自然痩せ我慢はることも余計余儀なくされているようでした。

二人は、口数少なに、乾き切つた口中を蜜柑の汁でうるおしていました。

聽て、妻は、焦茶色のコートに手を通し始め、川上氏もよろけながら立ち上りました。着終つた妻は、中腰の姿勢のまま氏に縋りつき、相手のみぞおちへんへ顔を埋めるようにして、

「今度はいつ頃逢えるかしら。」

と、おきまりの文句を繰り返します。

――数日後、日の暮れ近く、どぶ川のほとりに群がる娼家の一劃へ、川上氏は持ち前の関節がゆるんだような足どりを、とぼとぼ運んでいました。

――三十一年十二月――

P+D BOOKS ラインアップ

暗い流れ　和田芳恵　●性の欲望に衝き動かされた青春の日々を綴る

なぎの葉考・しあわせ　野口冨士男　●一会の女性たちとの再訪の旅に出かけた筆者

草筏　外村繁　●豪商一族の微妙な人間関係を描いた出世作

孤絶　芹沢光治良　●結核を患った主人公は生の熱情を文学に託す

サムライの末裔　芹沢光治良　●被爆者の人生を辿り仏訳もされた〝魂の告発〟

貝がらと海の音　庄野潤三　●金婚式間近の老夫婦の穏やかな日々を描く

P+D BOOKS ラインアップ

| | | |
|---|---|---|
| 遠い地平・劉廣福 | 八木義徳 | ●悔恨と哀しみに満ちた若き日々を回想する |
| 冬の宿 | 阿部知二 | ●映画化もされた戦前のベストセラー作品 |
| 天上の花・蕁麻の家 | 萩原葉子 | ●萩原朔太郎の娘が描く鮮烈なる代表作2篇 |
| 閉ざされた庭 | 萩原葉子 | ●自伝的長編で描かれる破局へ向かう結婚生活 |
| 奇妙な青春 | 堀田善衞 | ●敗戦と米軍の占領下で変貌する日本人を描く |
| 海軍 | 獅子文六 | ●「軍神」をモデルに描いた海軍青春群像劇 |

P+D BOOKS ラインアップ

| | | |
|---|---|---|
| 達磨町七番地 | 獅子文六 | ●軽妙洒脱でユーモア溢れる初期5短編収録 |
| 陸軍（上） | 火野葦平 | ●七十年にわたる陸軍と一家三代の因縁を描く |
| 陸軍（下） | 火野葦平 | ●前線へ赴く兄弟たちの運命はいかに…… |
| オールドボーイ | 色川武大 | ●〝最後の小説〟「オールドボーイ」含む短編集 |
| 三つの嶺 | 新田次郎 | ●三人の男女を通して登山と愛との関係を描く |
| 伸予 | 高橋揆一郎 | ●未亡人と元教え子との30年振りの恋を描く |

（お断り）

本書は1957年に宝文館より発刊された単行本を底本としております。あきらかに間違いと思われるものについては訂正いたしましたが、基本的には底本にしたがっております。また、一部の固有名詞や難読漢字には編集部で振り仮名を振っています。

本文中には農夫、ルンペン、乞食、女買い、百姓、カラつんぼ、女給、いざり、白痴美、片手落、芸者、下地ッ子、不見転、女中、女流、お妾、四つ脚、漁師、看護婦、おさんどん、淫売、サーヴィス女、労務者、茶屋女、職工、パンパン、ジプシー、苦力、人夫、酌婦、夜の女、下女、朝鮮人、女工、生れつきの精神虚弱者、頭が変になり、足りない男、部落、かげの女、小女、土人、女事務員、召使い、支那、石女、中性婦人、バタ屋、非人、三白眼、貰い子などの言葉や人種・身分・職業・身体等に関する表現で、現在からみれば、不当、不適切と思われる箇所がありますが、著者に差別的意図のないこと、時代背景と作品価値とを鑑み、著者が故人でもあるため、原文のままにしております。差別や侮蔑の助長、温存を意図するものでないことをご理解ください。

川崎 長太郎（かわさき ちょうたろう）
1901年（明治34年）11月26日―1985年（昭和60年）11月6日、享年83。神奈川県出身。私小説一筋の生涯を貫く。1977年、第25回菊池寛賞を受賞。1981年、第31回芸術選奨文部大臣賞受賞。代表作に『抹香町』『女のいる自画像』など。

## P+D BOOKS とは

P+D BOOKS（ピー プラス ディー ブックス）とは
P+Dとはペーパーバックとデジタルの略称です。
後世に受け継がれるべき名作でありながら、現在入手困難となっている作品を、
B6判ペーパーバック書籍と電子書籍を、同時かつ同価格で発売・発信する、
小学館のまったく新しいスタイルのブックレーベルです。

# 女のいる自画像

２０２１年11月16日　　初版第１刷発行
２０２４年１月17日　　　第２刷発行

著者　　川崎長太郎
発行人　五十嵐佳世
発行所　株式会社　小学館
〒１０１－８００１
東京都千代田区一ツ橋２－３－１
電話　編集　０３－３２３０－９３５５
　　　販売　０３－５２８１－３５５５
印刷所　大日本印刷株式会社
製本所　大日本印刷株式会社
装丁　　おおうちおさむ（ナノナノグラフィックス）


ISBN978-4-09-352427-8

P+D BOOKS